선생님께 드립니다

2024년   월   일

義山堂 에서 김충경

마우스 패드에는 쥐가 살고 있다

지혜사랑 287

마우스 패드에는 쥐가 살고 있다

김충경 시집

지혜

시인의 말

첫 시집『타임캡슐』을 발간한 지도 벌써 5년이 지났다.
돌이켜보면 절대 짧지 않은 시간이다.

목포문학관 현대시반에서 공부한 지 올해로 8년째다.
하루하루를 오직 詩만을 위해 살아왔다고 할 수 있을 것이다.
그래도 막상 두 번째 시집을 내려니 두려움이 앞선다.

'시를 쓰는 것은 배고픈 자가 밥을 먹는 행위와 같다'고 한다.
나는 아직 배가 고프다.
'미쳐야 미칠 수 있다'는 말이 있듯이 나는 시에 대해서 미
치고 싶다.

시는 내 존재의 근원이다.
두 번째 시집을 내기까지 물심양면으로 지원을 해주신 김
선태 교수님께 감사를 드리고 싶다.
또한 시의 길로 인도해 주신 허형만 교수님의 건강을 기원
하고 싶다.

많이 부족한 글이지만 독자 여러분의 격려를 받고 싶다.

2024년 봄 義山堂에서 김충경

차례

1부 문명의 비판과 수용

2부   공동체로 살아가기

3부   자기 성찰의 시간

4부   내 존재의 이유

1부
문명의 비판과 수용

문명의 충돌*

마른하늘에 천둥 번개 친다
외계와 내계의 충돌을 기록한 우주의 문장紋章이다
46억 년간 지속된 문명의 충돌이었으니

지금 지구에도 충돌이 일어나고 있다
국가 간, 종교 간, 이념 간, 계층 간, 세대 간, 성별 간
직장에서 학교에서 끊임없이
타자他者와의 날 선 충돌이 일어나고 있다

욕망이 넘실거리는 지중해처럼
하느님의 나라 예루살렘에서도
아비규환의 현장 멈출 줄 모른다

너를 죽여야만 내가 사는
이기주의가 하늘 높은 줄 모르고
불신의 수심水深 얼마나 깊길래
바닥이 안 보이는 걸까

오늘도 우리는 바닥에 닿지 않는 발
허우적거리며 익사 직전에 있다

황금빛으로 물든 이 거리에서

다시 내일 아침을 맞이할 수 있을 거나

* 새뮤얼 헌팅턴의 저서 이름에서 따옴

침묵의 꽃

어둠이 지배하는 심해에서
백여 년을 견디다 마침내,
햇살 머금은 황수정黃水晶 결정체

서해안 바닷물 모두 끌어안은
장독 속 컴컴한 공간에서
싸그락 싸그락 피어나는 침묵의 꽃이다

오늘은 장 담그는 날
종갓집 3대째 내려온 씨간장 품은 장독에
도란도란 이야기 품은 메주를 띄우고
풋 햇살 한술과 꽃샘추위 한 꼬집, 종부의 매콤한 손맛 한
움큼 얹었다

어머니의 어머니, 그 어머니의 어머니로부터 전해 내려온
불가사의한 묘법妙法의 연대기다

새싹 움트는 소리, 꽃잎 펼치는 소리, 열매 맺는 소리, 장
대비 내리는 소리, 낙엽 구르는 소리 들으며 묵묵히 인고의
세월을 기다려야 각인되는 소금素金*의 활자체

함박눈 맞으며 장독대 귀 기울이면

소복소복 씨간장 자라는 소리 들리기도 한다

간장독에 푸르고 둥근 하늘 내려온 날
부엌을 지키는 조왕신竈王神도 빙긋 웃는다지

씨간장은 피와 땀의 결정체였으니
어머니 가슴에도 응어리진 씨간장 한 줌
보석처럼 숨겨져 있겠다

* 소금의 가치가 매우 높아 일종의 하얀 금素金으로 불리기도 한다

삶의 자세

돌무더기 사이 잡목 뒤엉켜
하늘도 보이지 않는
한라산 곶자왈 치유의 숲

태풍에 쓰러진 편백나무 한 그루
바위틈 햇살 더듬으며
이리 꿈틀 저리 꿈틀 바닥을 기어가고 있다

온갖 생명이 명멸明滅하는
지구별 가장 낮은 곳에서
후생後生을 잇기 위한 발버둥질이다

대자연이 선물한
질곡桎梏의 터널을 지나고 있다
실낱같은 한 줄기 햇살 찾아

봄 여름 가을 겨울
봄 여름 가을 겨울
봄 여름 가을 겨울

마침내, 햇살 거머쥔 편백나무가
푸른 하늘을 향해 직립한 채

날개를 푸드덕거리며 웃고 있다

절망을 이겨내면
희망의 사다리는
바로 당신 곁에 있다고

대웅전에 핀 꽃
— 논산 쌍계사 대웅전 꽃 문살

겨울에도 꽃이 피었다
봄 여름 가을 겨울
울긋불긋 피고 지는 꽃밭

매화, 연꽃, 국화, 작약, 목단, 무궁화 등
온갖 꽃이 오랜 고행 끝에 활짝 피었다

어느 불심 깊은 장인이
꽃밭 채 부처님 전에 공양을 올렸을까

꽃 냄새 찾아 벌 나비 날아들고
비 오는 날엔 해탈解脫의 꽃비 내려
계절마다 꽃향기 가득하다

부처님은 참 좋으시겠다
만화방창
이렇게 예쁜 꽃밭에 앉아 계시니

불교에서 꽃은 깨달음의 상징이라는데
부처님, 진흙탕 같은 속세도 잊지 마시고
한 번씩 다녀가시면 어떨까요?

수석壽石

거실 중앙에 결가부좌하고 있는
검은 침묵을 바라본다
강진 탐진강에서 채집했다는
저 돌의 역사를 거슬러 올라가 본다
수억 겁 물결자국 새겨진 얼굴에서
괄괄괄 계곡 물소리 들려오고
거친 물결 박차오르는 은어의 몸짓과
태양이 머물다 간 자리인 듯
저녁노을이 켜켜이 새겨져 있다
지구를 몇 바퀴나 굴렀기에
모 하나 없는 얼굴이 되었을까
둥근 저 얼굴에서 고행의 길이 보인다
굽이치는 강물에 상처를 주지 않기 위해
스스로 제 모서리를 깎아낸
부처의 대자대비 정신이 엿보인다
수석은 보기와는 다르게 무겁다
티끌 같은 속세의 번뇌 다 떨치고
제 심중만 오롯이 남은 돌 속에
층층이 쌓인 부처의 말씀 들려온다

갯고랑

심해에 뿌리를 두고 육지를 향해 가지를 뻗어오는 천 년
된 고목이 있다
우주에서 이렇게 키 큰 나무는 본 적이 없다

세월의 흐름에 제 몸 맡기고 이리 뒤척 저리 뒤척 모습
바꿔가며 살고 있다 쉼 없이 흔들렸을 파도가 만들어 낸 수
천수만의 파흔波痕을 만져본다

밀물 때는 물속에 잠겨 퉁퉁 부은 바다 여신의 젖꼭지를
빨기도 하고 썰물 때면 나뭇가지마다 반짝반짝 네온사인
을 내걸기도 하지

달빛 환한 밤, 뻘낙지가 나뭇가지에 다리를 탁 걸쳐 제
멋진 몸매 자랑을 하기도 하고 무지갯빛 날개를 단 짱뚱
어가 청개구리처럼 이 가지 저 가지로 뛰어다니기도 한다

그뿐만 아니다 밤이 되면 용궁에 살던 할매들이 잘박잘
박 걸어나와 밤새 호미질하다가도 먼동이 트면 신기루처럼
사라져 버린다는 갯고랑의 전설을 들어본다

수천 년을 살아도 고개 쳐들지 않고 바짝 엎드려 한 획 한
획 그어 내려간 나무의 연대기, 대자연이 갯벌에 온몸으로
기록한 우주를 향한 토판 활자 아니겠는가

화살나무

동토凍土에서 세찬 바람 불어오는 날
과녁 중심에 꽂힌 화살나무
바람의 그물에 걸린 사스레피나무처럼 부르르 떨고 있다

화살촉은 제 몸속 깊숙이 감춘 채
날카롭게 불어오는 바람결에
날개깃만 잔뜩 세우고 있다
우~웅, 우~웅 울고 있다
언제부터 울고 있었을까

온몸에
철갑처럼 화살을 두르고 있는 화살나무
전생에 요동 벌판 호령하던
고구려 장수라도 되었던 것일까

집게손가락으로 탁, 튕기면
하늘이 처음 열린* 광야를 향해
금방이라도 날아갈 것 같은 화살나무
저 검붉은 격발의 자세를 보라
동서남북 향하지 않는 곳이 없다

세상에 갓 태어날 때부터

제 살갗 도려내고 담금질하여
밤낮으로 화살을 만들어야 했던
화살나무의 타고난 운명을 읽는다

* 이육사 시 「광야」에서 따옴

비닐 까마귀

이른 봄
서산동 언덕배기
앙상한 나뭇가지마다
때아닌 까마귀 떼가 앉아 있다

세찬 바람이 불어도
사람들이 가까이 가도
날아갈 줄 모르고
울지도 못한다

나뭇가지에
단단히 멱살 잡힌 채
부르르 몸서리치고 있다

복길리 바닷가

바다에는 하루에 두 번씩
밀물과 썰물이 들고난다

물때는 태양과 지구와 달이
힘겨루기 끝에 만들어 낸 삼각관계

물때는 어민들의 숨결이다
바다에 몸을 기대고 사는 어민들은
바다 생물들의 심장과
같은 주파수를 갖고 태어난다

파도가 높은 날은 밤잠을 설치고
물때 따라 잠들고 일어나는 시간이 달라진다

복길리 바닷가
아침 햇살 따라 길게 늘어선 썰물이
낙지잡이 어민들의 발걸음을
바짝 끌어당기고 있다

맹골수도孟骨水道[*]

    진도 서거차도와 맹골군도 사이엔 사납기로 소문난 물살들이 사는 물길이 하나 있지요. 어찌나 사나운지 사자, 호랑이, 악어, 늑대들이 흰 이빨로 섬 기슭을 물어뜯는 것 같다 하여 맹골수도라는 이름이 붙었지요. 그래서 이곳 파도 소리는 철썩거린다고 하지 않고 으르렁거린다고들 하지요. 근래엔 노란 풍선 가득 실은 배들이 이곳을 지나다 그만 사나운 짐승들에게 물려 죽기도 했다지요. 이곳 물살이 사나운 이유는 맹수들의 송곳니가 자라는 험한 골짜기가 있기 때문이라는데요. 그래서인지 미역에는 맹수들의 귀가 달려 있고, 물고기마다 날카로운 이빨 자국이 찍혀 있다지요. 무수한 세월을 집어삼킨 채 지금도 멋모르고 지나가는 배들을 사냥하기 위해 으르렁거린다는 맹골수도. 죽으면 이 골짜기에 뼈를 묻는다는 세상 모든 맹수의 수중 정글 맹골수도.

[*] 전남 진도 서거차도와 맹골군도 사이를 지나는 바닷길로 물살이 빠르고 거세기로 소문난 곳이며, 2014년 4월 인천과 제주를 운항하던 세월호가 이곳에서 침몰했다.

어느 노동자의 죽음

화력발전소 컨베이어벨트에서 일하던
노동자가 형체도 없이 사라졌다

거칠게 몰아쉬던 숨소리 허공에 남았는데
주인의 모습 간데없고
뒹구는 작업모 옆에 파란 피 흥건히 고였다

철커덕, 한번 웅크리던 컨베이어벨트
언제 그랬냐는 듯 눈 하나 깜박이지 않고
피를 윤활유 삼아 탈탈탈 다시 돌아가고 있다

대를 이은 빈곤에서 탈출하기 위해
고등학교 졸업하자마자
화력발전소에 취업했다는 청년의 뒷이야기

지친 하루도 휴식을 취하는 저녁 뉴스 시간
'컨베이어벨트 끼임 사고' 뉴스를 본다

잊을라치면 텔레비전 화면에 스쳐 가는 산재사고
자본의 부속품처럼 취급되는
한 인간의 생멸生滅을 바라본다

\>

죽어서야 노예에서 해방된 그 청년
세상과의 인연은 여기까지라는 말 남기고
마침내 빈곤에서도 탈출했다

때맞춰 밤하늘에 별 하나 떴다

제행무상諸行無常*
— 2023년 2월 6일 새벽 4시 17분 튀르키예 규모 7.8 강진 발생

지진 발생 전 수백 마리 새가 미친 듯 울었다는데 만물의 영장이라는 인간은 아무도 눈치채지 못했다

차라리 꿈속이라면 좋았을 첫새벽의 아비규환

지구 표면은 종잇장처럼 갈기갈기 찢어지고 건물은 도미노처럼 쓰러졌다

수백 년 된 이슬람 사원도 수천 년 된 고성古城도 한순간 형체도 없이 무너졌다

새벽 단잠을 자고 있던 수만 명의 사람들이 악마의 입 같은 무저갱으로 속절없이 사라졌다

살아남은 사람들은 뭉크의 절규 표정으로 가족을 찾아 흙더미 속으로 무너져 내리고 있다

지진 발생 지점은 아랍·아프리카와 유라시아 문명권이 충돌하는 경계 지점이란다

지진은 신이 내린 최악의 저주라는데 오늘도 아무렇지 않다는 듯 지구는 자전하고 있다

영원불멸할 것 같던 문명의 파편들이 한순간 지워졌다

신神은 잊을라치면 자연재해를 일으켜 지구를 무겁게 눌러 내리는 인간의 끝없는 욕망을 떨쳐내려는 것일까

* 우리가 거처하는 우주의 만물은 항상 돌고 변하여 잠시도 한 모양으로 머무르지 않는다는 말

물결무늬 둥근 울림

진달래꽃, 산벚꽃, 산목련꽃
일제히 고개를 들어
소쩍소쩍 웃고 있는 오룡마을 뒷산

딱딱딱, 따라락딱, 딱딱
난데없이 귀청을 울리는 소리

아파트 숲에 밀려 깊은 산속으로 떠났던
오색딱따구리 부부가 귀향하여
고목에 새집을 짓고 있다

도편수 능란한 솜씨로 둥근 원을 그리고
부편수 정확한 자귀질로 시작된 집짓기
도무지 엄두가 나지 않는 공사의 시작이다

터-엉, 터-엉 텅, 텅텅
자귀처럼 예리한 딱따구리 부리가 만든
숲 가득 번져가는 물결 무늬 둥근 울림

점으로 시작해 제 둥근 머리를 지나
마침내 완공된 둥근 창에 대문을 달고
방 안 가득 살찐 햇살을 채우고 있다

꿈꾸는 목포항

점점이 떠 있던 섬들이 저녁노을 따라 닻을 내리는 항구
하나둘 깜박이는 집어등 불빛 위로
싸라기 눈발 싸르륵 싸르륵 흩날리고 있다

고삐 단단히 묶인 고래처럼
어깨 나란히 웅숭그리고 있는 어선들 사이로
날 선 바람 비집고 들어올 때마다 들려오는
삐거덕 삐거덕 뼈마디 부딪치는 소리

이어도, 가거도, 흑산도를 지나 망망대해 거친 파도까지
끌고 온 어선들
고하도가 두 팔 벌려 꽉 안아주고 있다
참, 먼 길 돌아와 누워있다

한때 은빛 물결로 소용돌이치던 어창魚艙에
생쥐들 종종걸음만 어둠의 음계를 뒤흔들 뿐
바짝 마른 나무상자마다 말없음표로 가득하다

방파제에 달라붙던 파도 소리조차 사윈 밤
세월을 얹힌 대들보처럼 흰 뱃전 가만히 어루만져 본다
부러진 늑골 사이로 할퀴고 간 파도 소리 퇴적층 되어 남
아있다

여기까지 오는 동안 얼마나 힘들었을까

곯아떨어져도 멍든 팔뚝 움찔거리던 아버지
쇠창살 같은 오랜 침묵 사이로 이여차 영차, 이여차 영차
멸치 그물 터는 소리 들려오는 새벽 항구

턱까지 차오르던 파도 소리 모두 빠져나가고
밤새 뒤척이던 늙은 별 하나둘 스러져 간 자리
꽉 조인 청바지 입은 새날이 엉덩이 탈탈 털고 일어나고
있다

서산동* 별바다

비탈진 골목길 어깨 나란히 한 창문마다
하늬바람결에 두 눈 깜박거리고 별들

사방이 가로막힌 절망의 섬을 떠나
바닷가 언덕배기에 터를 잡은 석수장이
창문에 희망의 별 돋을새김하고 있다

해가 뉘엿뉘엿 서산으로 넘어가면
오르막길 따라 다닥다닥 늘어선 집집마다
하나 둘 돋아나기 시작하는 별들

원양어선 선장이 평생 꿈이었던 철수 아버지 얼굴이 보
인다
영철이 형, 칠복이 얼굴도 보인다
한배에 탔던 조금새끼 어부들, 모두 제삿날이 같은 별들
이다

한 집 건너 차려진 제사상에
빙 둘러앉아 젓가락 부딪히는 소리
까르르 터져 나오는 웃음소리
모두, 별이 되어 반짝이고 있다

\>

마당 가득 검푸른 파도 소리 내려앉는 밤
석수장이가 은하에서 별을 따고 있다
정 한 번 내리칠 때마다 쩌엉쩡 돋아나는 별들

칠흑의 바다에 한 송이 꽃으로 피어나고
삐뚤빼뚤 에움길 터벅터벅 내딛는 마음에도
샛별 하나 오롯이 돋아나고 있다

---

* 일제 강점기에 신안, 진도 등 섬사람들이 뭍으로 이주해 오면서 목포
  유달산 기슭 언덕배기에 형성된 산동네로 목포항과 인접하고 있어 주
  민 대부분이 어업에 종사했던 속칭 조금새끼 동네

나 어떡해?

매주 한 번씩 재활용 쓰레기를 버린다

소주병, 막걸릿병, 식용유병, 생수병, 맥주캔, 커피캔, 통조림캔, 폐비닐, 일회용 음식 용기, 종이박스, 화장품 용기, 음식물 찌꺼기…

그대로 두면 창문으로 넘치고
마침내 천장을 뚫어 집조차 무너져
내가 묻힐 것 같아 오늘도 버린다

'버린 놈들이 쓰레기라'는데*
'버린 놈들이 쓰레기라'는데
한 사람을 살리기 위해
또 다른 한 생명이 죽어야 하는
이 세상의 끝은 어디일까

폐그물에 걸려 죽은 물개, 검은 기름을 잔뜩 뒤집어쓴 황새, 폐비닐을 먹고 죽은 고래가 매일 TV 화면 밖으로 넘쳐 흘러나오고 있어 넘쳐 흘러나오고 있어

지금, 지구는 중병을 앓고 있다
골다공증으로 지구 뼈마디가 푸석푸석해지고

폐섬유화 증상으로 지구의 폐 아마존이 쿨럭쿨럭

도시에서도 산골에서도 농촌에서도
자고 나면 땅이 푹푹 꺼져
지구의 속살이 검게 드러나고
얼어 죽고 데어 죽는 이상기후 현상으로
오늘도 내일도 용암처럼 들끓는 지구촌

자라나는 아이들에게
이런 지구를 물려줄 수 없다고
자고 나면 울부짖는 환경론자들의 외침이
도심 러시아워 물결 속으로 매몰되고 있어 매몰되고 있어
매몰되고 있어

나 어떡해?

* 김선태 시「쓰레기」인용

2부
공동체로 살아가기

하현달

시골집 마루에서 하현달이
하루 종일 대문 밖을 바라보고 있다
담장 너머로 강물처럼 한세월 출렁 흘러갈 뿐
사람 발길 흔적조차 없다
홀로 고향을 지키는 구순 노모가
한참 지나도 오지 않는 자식들을 떨치고
'사람 한평생 꿈만 같구나'라며 마당을 쓸고 있다
쏜살같이 흘러가는 세월을 쓸어 담고 있다
오매불망 기다리던 자식들 텅 빈 마당 가득 채운 추석날
때맞춰 뜬 보름달 함박 웃고 있다
그것도 잠시, 자식들 썰물처럼 빠져나가고
겨울 들판 같은 적막이 밀려온 고향집에서
덜커덩 덜커덩, 홀로 남은 그림자가 흐느끼고 있다
세월을 이기지 못해 허물어진 담장 너머로
노랑나비 한 마리 훨훨 날아가고
겨울을 재촉하는 빗소리 돌확에 소소히 고이는 날
마루에서 하현달처럼 등을 구부린 노모가
잠시 눈을 감고 있다
우화등선羽化登仙을 꿈꾸고 있다

부탄 처녀

히말라야 설산을 머리에 인
돌담길에서 스쳐 지나간 부탄 처녀
찰칵, 사진처럼 각인되어 있어요

바닷가 조가비를 엎어놓은 눈두덩이
즈믄 햇살 빛나는 천지가 내려앉은 눈망울
외씨버선처럼 조붓하고 갸름한 콧날
다소곳한 입술에서 '반갑습네다'라는
인사말 터져 나올 듯하고
볼기에 몽고점까지 있다는 부탄 처녀
어디선가 본 듯한 누이 같아요

자세히 보니 우리 동네 옆집 아가씨 같은 이가
왜 여기에 와 있는 걸까요
뭉게구름 타고 히말라야 넘어왔나요
철새 따라 날아왔나요
고구려 무용총 벽화에서 본 듯한
전통춤 덩실덩실 추고 있어요

그대는 정녕 어디서 왔나요
이민족의 거친 채찍질에 쫓겨
압록강 건너 수만 리 길 흘러왔나요

>
설산이 보이는 잠자리까지 따라와
곁에 머무는 그 처녀
머릿속을 맴돌아 눈시울 적시며
마침내, 마음속에 오롯이 들어앉아 있어요

동목포역 앞에서

긴 여정의 호남선 종점 못 미쳐
잠시 가쁜 숨 고르다 가는 동목포역
지금은 문이 닫힌 채 오종종하게 앉아있다

한때 임성, 일로, 몽탄, 무안에서 승차한
통학생 물결로 넘쳐나던 간이역
이제는 민들레꽃만 곁을 지키고 있다

아침 산책길에서 만난
생을 마감한 흰나비 한 마리
폐선 부지 텃밭 모퉁이에
오체투지 자세로 엎드려 있다

노오랗게 만발한
유채꽃밭 위 날개 팔랑일 때마다
허공도 희망처럼 출렁거렸지

머리와 몸뚱이 흔적을 지워가고
개미에게 길을 내준 날개만
조각조각 산화되어 가고 있다

조각 난 노랑나비 날개 위로

이름만 남은 동목포역 마지막 기적 소리
가을 햇살에 부스러지고 있다

꽃제비 탈출 경로

두만강 푸른 물에*
어린아이 사체가 동동 떠내려오고 있다
강 건너 밥 익는 냄새에 홀려
무작정 강을 건너다 익사했다는 아이가
물 잔뜩 먹어 복어처럼 배부른 아이가
가랑잎처럼 둥실 떠내려오고 있다
강물을 바라보고 있던 자작나무 검은 눈동자들이
한순간 모두 휘둥그레진다
마침내 밥 익는 마을에 도착은 아이를
중국 경비대가 장대로 북한 쪽으로 밀어내고 있다
한참을 흐르다 고향 땅에 다시 닿았건만
어린아이가 눈을 질끈 감고 있다
죽어서도 고향 땅에 묻히길 거부하는 몸짓일까
긴 장대를 들고 있던 북한 군인이
중국 쪽으로 되처 사체를 슬쩍 민다
어느 차안此岸에도 닿을 수 없는 운명을
타고난 아이의 입술이 새파랗다
왔다 갔다 갈之 자로 한참을 흐르던 꽃제비가
돋우었던 양 날개 슬며시 접어
천천히 물속으로 가라앉고 있다
발붙일 곳 못 찾아 조선 반도 떠돌던 어린 아이의 파란만
장한 삶이 끝나가고 있다

하늘의 별도 태양도 모두 사라진 날
가슴에 철심 쾅쾅 박힌 조선의 아이가
삼도천三途川**을 건너가고 있다

춤추는 배냇저고리

어디로 튈지 모르는
다섯 아들을 키우고 있는 엄마가
아이들 크면 선물해 준다고
배냇저고리 곱게 개키고 있다

첫째, 둘째, 셋째, 넷째, 다섯째
차례로 호명할 때마다, 엄마 손끝에서
마리오네트 인형처럼 춤을 춘다

갓난아기 옷이라 색깔이나 크기가
고만고만한데 용케도 잘 골라낸다
엄마만이 가능한 일이다

저 앙증맞은 배냇저고리에는
마음 저린 삼백 날 철썩였던 파도와
가슴 저릿저릿하던 엄마의 초유 냄새
세상에 단 하나밖에 없는
아기의 함박 웃음꽃이 피어있다

이제는, 배냇저고리 벗어 던진 아이들이
책상 모서리, 방 문턱, 구름 끝자락 아랑곳하지 않고
우당탕탕 우당탕탕, 까르르 까르르

수박 덩이처럼 데굴데굴 굴러가고 있다

오늘 밤 저 천둥소리는
배냇저고리 입은 아이들이
뭉게구름 같은 엄마 품 떠나
우주를 향해 굴러가는 소리일 것이다

사진 찍기

모든 사물은 카메라에 찰깍 찍히는 순간
3차원의 공간은 사라지고
2차원 평면으로 순간 이동한다

손바닥만 한 카메라 속에는
수십 톤 롤러차가 툴툴툴 굴러다니고
피를 빨아먹는 흡혈귀도 살고 있다
심지어는 소리를 소거하는 블랙홀도 존재한다지

그래서 손으로 만지면 올록볼록하던 얼굴
종잇장처럼 납작 펴지고
사람 숨결도 나뭇잎새 바람결도
고요의 바다*처럼 모두 지워져버리지

카메라만 들이대면 우르르 몰려드는 사람들
금방까지 울고 화내다가도
언제 그랬냐는 듯 활짝 꽃으로 피어나고 있다

배경으로 서있던 산과 바다까지
카메라 속으로 엉겁결 따라 들어와
영문 모르는 표정을 짓고 있다

>
사진은 사람이 죽은 뒤에도 홀로 남아
대를 이어 역사 속에서 존재한다지
말 그대로 영생永生을 얻게 되는 거지

오늘도 영원한 생명을 얻기 위해
사람들은 카메라 안으로 뛰어들고 있다
마치 고구려 사신도 고분 벽화처럼
부장품으로 남기기 위해
배경까지 등에 짊어진 채 투신하고 있다

* 아폴로 11호 암스트롱 선장이 인류 최초로 달 표면에 발을 디딘 곳

슬픔의 현상소

인생 역정의 종착역인 장례식장에
뒷굽 다 닳은 구두를 끌고
세상 모든 슬픔 모여든다

제 삶의 꽃 채 피워내지 못한 망자 앞에
30여 년 함께한 세월 동안
제각각 알록달록 저민 슬픔
한 바가지씩 짜내곤 한다

짜거나 달거나 쓰거나
파랗거나 노랗거나 하얗거나
각양각색의 슬픔을

제 슬픔에 겨워 울고
제 아픔에 무너지는
이승과 저승의 경계인 그곳에
신발만 어지럽다

오늘도 먼동과 함께 시작되는
슬픔이 발화發花되는 현상소에
또 다른 주검이 도착했다

길 위의 망부석

어느 날 갑자기
인가도 없는 큰길 사거리에
덥수룩한 망부석 하나 들어섰다

힐끔거리는 차들 오금을 저리게 하는
도로 한복판 노랗게 그어진 안전지대에
딱, 버티고 서있는 강아지 한 마리

저 안전지대는 누구의 지혜를 빌렸을까

지나가는 자동차 따라 눈동자 굴리며
때론 꼬리 흔들며 도로에 뛰어들다가
멈추길 반복하고 있다

그가 죽음을 무릅쓰고 기다리는 건
밥도 아니고 잠도 아닌
자기를 버린 주인의 따스한 손길이다

언젠가는 돌아올 것이라는 믿음으로
오늘도 간절한 눈망울 굴리며
살아있는 망부석이 되어가고 있다

가난하다고 흥조차 없을쏘냐

TV 다큐 프로그램에서
아프리카 기아 난민을 방영하고 있다

신발도 신지 않은 아이들이
양손에 물통을 들고
먼지 자욱한 길을 걸어가고 있다

갈비뼈만 남은
얼굴보다 눈이 더 큰 아이들
하얀 이 드러내놓고 웃고 있다

현생인류의 조상이었을 검은 피부를 가진
이 아이들을 넋 놓고 바라본다

행성 모양의 흰 눈망울 속에 떠있는
사슴의 눈을 닮은 저 검은 눈동자
어느 별의 운석으로 만들었을까

메마른 땅 위로
까르르 까르르 웃음소리 굴러가고 있다

가난하다고 흥조차 없을쏘냐

13월의 시간을 찾아

이름 모를 우주, 저 먼 곳에서 오고 있다
밤눈처럼 발걸음 소리 죽여가며
발바닥 두꺼운 삶의 지층을 뚫고 피어나고 있다

아무도 가꾸지 않아도
아무도 쳐다보지 않아도
검붉은 피 토하며
저절로 피어나는 꽃

선단 흑색종*이라는 검은 장미꽃이
그녀의 발바닥에서 피어나고 있다

걸어갈 때마다
그녀의 발바닥에서는
검은 꽃잎 냄새 물씬 풍긴다

정상과 비정상 세포의 균형추가 무너진 자리
봄날 꽃불처럼 온몸으로 번지고 있다
포식자의 날카로운 이빨 드러낸 채

날마다 죽음의 꽃은 자라고

＞
삶은 찰나라는데
그녀의 하루하루 삶 속으로 파고드는
아픔의 질량을
어느 누가 측정할 수 있을 것인가

오늘도
'완치'라는 희망의 꽃
가슴에 품은 그녀가
13월의 시간을 찾아
총총 걸어가고 있다

* 발바닥에 발생한 반점 모양의 흑색 종양.

딱따구리 목탁

그는 살아생전
죄 많은 생이었을 것이다

제 안위를 위해
딱딱딱 따그르 딱딱
긴 부리로 나무에 구멍을 판 죄

뾰쪽한 부리로 연한 살 찍어댈 때마다
파란 눈물 안으로 삼키며 나무는
머리부터 발끝까지 몸서리쳤을 것이다

부리로 한 번 찍어댈 때마다
바람결 따라 푸른 숲 흔들리고
푸드덕 새들이 날개를 편다

탁발 나선 새들의 길을 따라
목탁 소리 울려 퍼진다
딱딱딱 따그르 딱딱

오늘도 목탁은 제 머리 부딪혀
자기의 잘못을 참회하고 있다

꽃이 피었다

겨울 혹한의 매듭 매듭을 딛고 꽃이 피었다

동백, 매화, 산수유, 목련, 개나리, 진달래, 벚나무가 차
례로 꽃망울을 터뜨리고 있다

암수한그루 꽃들은 수꽃이 먼저 피어 암꽃의 개화를 초조
하게 기다리고
암수딴그루 꽃들은 벌 나비 유혹하느라 가랑이 찢어지
고 있다

찰나 같은 생을 아는 양 제 분신을 남겨야 하는 꽃들에게
는 밤 시간조차 짧을 수밖에

사람 눈을 피해 이곳저곳에서 벌어지는 감탕질로 봄밤이
환하다
사방에서 들려오는 탕탕탕 총소리, 꽃들이 스러지고 수
정 안 된 꽃들은 수음하느라 눈앞이 캄캄해진다

꽃들에게는 비껴갈 수 없는 숭고한 성교 의식이 진행되
고 있다
어느 누가 꽃들에게 돌을 던질 수 있을까

마늘밭 경전經典

황톳빛 장삼 가사를 걸쳤다
길게 누운 마늘밭을
네 발로 기어가는 저 보살님
새벽이 움트는 시간부터 시작된 탁발이다

찬 서리 온몸으로 받아내고
따스한 햇살 한 아름 부어주어 키워낸 마늘
보물 다루듯 캐고 있는
이웃집 할머니

자식에게 물려줄 거라며
손주에게 용돈 줄 거라며
둥글게 만 허리에 양손 갖다 대며
먹어도 먹어도 늘 부족한
헛헛한 웃음 한 다발 흘리고 있다

이승에 남기고 갈 탑 하나 쌓기 위해
손가락은 대나무 뿌리처럼 비틀어지고
두 무릎은 끝없는 희망의 무게로 꺾인 채
맵고 알싸한 마늘밭 경전經典을
온몸으로 읽고 있다

노부부의 일상
— KTV 우리 땅 속살 보기 오지(숲에 물들다, 지리산 얼음골)

백두대간 끝자락 구름 마당에
노부부가 대를 이어 살고 있다

남편은 한쪽 팔을 잃어 쇠꼬챙이를 차고
아내는 태어날 때부터 소리를 얻지 못한 사람

녹슨 양철지붕 위로 톡톡, 쪼르륵
연둣빛 산야를 적시는 초록비 내리는 날
아내가 토방 마루에 앉아
버들강아지 껍질로 만든 풀피리를 불고 있다

추운 겨울 꽁꽁 얼었다가 마침내 터져 나오는
개울물 소리, 새 소리, 구름 소리, 봄이 움트는 소리……

두 귀는 세상과 단절되어 있어도
마음으로 듣는 세상의 음계音階

겨울을 뚫고 내려오는 초록비에게
부스스 잠에서 깬 연둣빛 나무에게
커다란 귀를 달아주고 있다

이름 모를 산새도 귀를 쫑긋하는 산골

초록빛 오선지를 그리는 아내 옆에
돌부처가 지그시 웃고 있다

검정 비닐봉지 속으로 스며들다

자신을 드러내지 못한 것들은 모두 검정 비닐봉지 속으로 들어간다

시장에서 산 발가벗은 갈치며 깐 조갯살, 낙지, 미처 뱉어내지 못한 울음도 검정 비닐봉지 속으로 자신을 감추지

노란 잎 다 떨군 은행나무와 울긋불긋 색깔을 지운 가을도 지는 해와 함께 커다란 검정 비닐봉지 속으로 사라지고 있다

며칠 전 남편과 사이가 멀어 항상 불만을 토해내던 이웃집 아주머니도 새끼 낳는 암소에 받혀 검정 비닐봉지 속으로 영원히 자신을 감췄다

깜깜한 방에 항상 자신을 숨겼던 아주머니, 환한 세상보다 어두운 세상이 오히려 편안했던 것일까

사람들은 힐끗힐끗, 이 집 앞을 지날 때마다 어두운 방 안에서 암소가 낳은 송아지를 품에 안고 있는 아주머니를 봤다는 소문이 터진 양수처럼 질펀하게 현관문 틈으로 흐르고 있는 것을 볼 수가 있다고 한다

>

제 생을 다하지 못한 마지막 말들이 터진 검정 비닐봉지 사이로 낙지 먹물처럼 울컥울컥 배어 나오고 있다

미처 토해내지 못했던 울음들이 채 피어나지 못했던 웃음들이 검정 비닐봉지를 팽팽하게 부풀리고 있다

세상에서 버림받은 것들은 모두, 검정 비닐봉지 속으로 스며들어 영원한 안식을 꿈꾸고 있는 예수가 되었는지도 모른다

손수레 끄는 기역자

지친 하루해가 저물 무렵
허리가 90도로 굽은 노인이 끌고 가는
손수레 그림자가 한참 길다

어릴 적 학교 갔다 오는 길
개미가 제 몸집보다 큰 먹이를 끌고 가는 모습을
한참이나 들여다본 적 있었지

제 몸집보다 더 큰 산더미만 한 손수레를 끄는
저 노인의 힘은 어디서 나오는 것일까?

20여 년 동안 파지를 주워 생계를 이어온
노인의 허리가 기역자로 굽은 것은
장애인 아들 둘을 등에 지고
무거운 수레를 끌고 가는 머리가
늘 앞으로 기울고 있기 때문일 것이다

리어카 없이 홀로 걸을 수 없다는 기역자가
오늘도 땅을 향해 경배드리며 길을 가고 있다

황진이 세탁소

어깨 하나 제대로 펼 수 없는
구불구불 휘어진 북교동 골목길 입구
파수꾼처럼 밤늦도록 불 밝히고 있는
조선시대 여류 시인의 이름도 아닌
황진이 세탁소

신안 장산이 고향이라는 황 통장님
초등학교 졸업하자마자
유달산 기슭에 보금자리 틀었단다

황 씨 남자와 진 씨 여자가 만난 기념으로
세탁소 이름을 지었다는 황진이 세탁소
시멘트 바닥에 움푹 파인 발자국이
세월의 깊이를 말해주고 있다

아들딸 낳아 결혼시킨 지 오래지만
적당히 달아오른 다리미로
날마다 자식들 구김살도 다려주고 있다

지금도 여전히 다리미질 잘하고 있는지
어얼씨구 저절씨구 너를 안고 내가 내가 돌아간다 황진이
황진이 황진이~ 노래 부르며

노래방에서 무릎 춤 잘 추고 있는지

이제는 안개처럼
흩어져 가는 기억 속의 황진이 세탁소

3부
자기 성찰의 시간

수건

내 살아생전의 만장輓章이다

햇살 좋은 날 빨랫줄에 널어놓은 수건들
바람에 나풀나풀 펄럭이고 있다

경축 강진읍사무소 이전, 강진군청 직원단합대회 기념,
전남 1읍면1특품육성 결의대회, 전남문화원의날 기념, 경
축 전남도립도서관 개관, 남도소리울림터 개관기념, 축 전
남문화재단 개관…

스물한 살 직장 생활 시작부터 정년까지
사십여 년간 이런저런 사연으로 받았던 수건들
아니, 내 한평생 삶의 흔적들

몸에 걸칠 수 없어
차곡차곡 개어놓았던
내 삶의 훈장들이다

후줄근해진 정신 뽀송뽀송하게 만져주던 수건
사라져 버린 줄 알았던 과거가 되살아나고 있다

제각각의 사연을 간직한 채
한 생을 건너가고 있다

풀벌레 울음소리

낮에는 풀잎 속에 살다
밤이 되면 불빛 찾아 나오는
풀벌레 울음소리
여치, 베짱이, 귀뚜라미, 꼽등이……
수컷이 암컷을 유인하기 위해
종아리나 날개에 울음통을 달고 다닌다는데요
뜨거운 한낮 풀숲에서 풀벌레들이
쓰이잇 쩍! 쓰이잇 쩍!
귀또 리리, 귀또 리리
찍 찌르르르, 찍 찌르르르
앞다퉈 울고 있어요
삶의 지문이 다 지워지기 전에
후생後生을 남겨야 해요
입추 지나 처서 가까이 오면
풀벌레 울음소리 하늘까지 닿는다고 하는데요
귀를 찢는 울음소리에
한 생이 완성되어 가고 있어요
생의 막바지에 선 나도
풀벌레와 함께 꺼이꺼이 울고 있어요

마우스 패드에는 쥐가 살고 있다

구입한 지 10년이 넘은
컴퓨터 마우스 패드 위에 쥐가 살고 있다

주인의 심중 따라 하루 종일 움직이다
밤이 되면 검은 눈망울 지그시 감고
잠시 숨을 고르는 생쥐 한 마리

밥도 안 주고 월급도 안 줘도
하루 종일 눈 깜박거리며
전깃줄 한 가닥에 묶여
주인 손아귀 벗어나지 못하고 있다

싫다는 말 한번 못하고
기껏해야 패드에 수많은 발톱 자국 남기며
다람쥐 쳇바퀴 돌 듯 한 뼘 공간에서 맴돌고 있다
지난한 삶을 이야기하고 있는 것처럼

나도 '가장家長'이란 주인의 명령에 따라
쉬지 않고 움직이는 생쥐로 일생을 살아왔다

패드에 몸을 뉘고 있는 생쥐를
온기 가득한 손바닥으로 어루만져 본다

주름지고 윤기를 잃어 까칠하다

그래,
너나 나나 별반 다르지 않는 인생이구나

꼬리를 흔든다

목줄을 맨 강아지가 꼬리를 흔든다
팽팽히 당길수록
꼬리를 흔드는 속도도 빨라진다

밥 달라고
발로 차지 말아 달라고
자유를 달라고 꼬리를 흔든다

강아지는 태어난 순간부터
꼬리를 흔든다
모태 본능일까?

고양이한테 이빨을 드러내놓고
컹컹 짖으면서도 꼬리를 흔든다
위장술인가?

내 목줄은 집 안 기둥에 묶여있다
나 스스로 채운 목줄이
평생을 따라다니고 있다

밤이면 느슨한 목줄로 잠을 자고
아침이면 어김없이 잡아채는 목줄을 따라

밖으로 나간다

오늘도 이 사람 저 사람 만날 때마다
꼬리를 흔든다

4천 년의 깊은 잠

거친 모래바람 불어오는 타클라마칸 사막
어딘가에 묻혀있다는
누란의 미녀 소화 공주를 찾아 나섰다

신라 고승 혜초도 걸었다는 톈산남로
모래 속으로 사라진 고대 도시 누란의 땅에서
죽은 사람들의 궁전을 만났다

오직 해와 달만이 교차하는 사막 언덕 위에
호위무사처럼 줄지어 선호야 나무 기둥 거친 숨결마다
오랜 세월이 켜켜이 박혀 있다

모래 한 겹 한 겹 벗겨내자
4천 년의 깊은 잠에서 깨어난 누란의 미녀
흰 모자를 눌러쓰고 버선코처럼 오뚝한 콧날에
속눈썹 짙은 얇은 입술의 주인공이다

금방이라도 배시시 웃으며
말 걸어올 것 같은 영화 해바라기의 주인공
소피아 로렌을 쏙 빼닮은 수하 공주를 바라본다

두근거리는 가슴으로

창백한 그녀의 입술에 입맞춤한다
온몸으로 전해오는 분홍빛 전율, 회오리바람 되어 불어
온다

미라 옆에 가지런히 놓인 씨앗 바구니에서
밀 씨앗 한 움큼 손에 쥐어 바람에 날린다
푸른 잎 돋아나고 메말랐던 강물 다시 흐른다

누란의 미녀여!
잃어버린 그 옛날 풍요의 노래 다시 불러다오
호양 나무 푸른 숲으로 새 날아오고
물고기 파닥거리는 이 강가에서
그대와 함께 안빅낙도를 꿈꾸리

호남식당

무궁화호 열차가 지친 몸을 푼 용산역 앞
노을빛이 문턱에 걸쳐있는「호남식당」

여덟 식구 입을 덜어주기 위해 초등학교 졸업하자마자
언니 따라 무작정 상경했다는 그녀
이제는 밥 먹고 살만하다며 허기진 이들에게
고봉밥 퍼주는 재미로 식당을 한다는 주인 할머니

김치찜 냄새에 끌려 조심스레 발을 내디딘 식당 안
"아따 뭣 한디 그라고 서 있기만 하요!"
정겨운 주인 할머니 목소리 따라
한쪽 구석 자리에 앉아 백반 한 상 먹는다

조기새끼 구이, 얼큰하게 달아오른 고등어 김치찜, 참기
름 반지르르 흐르는 가지나물 입 안에 넣자마자 사르르 녹
는다
어릴 적 배고픔 달래주던 그 가지나물이다

주방을 둘러보니 어머니 뒷모습이 보인다
지금은 하늘나라에 계신 어머니를 만난 날이다

지구를 들다

매일 물구나무를 선다
온몸을 짓누르는 지구의 중력
시곗바늘 같은 핏줄기 거꾸로 돌고
눈알은 빅뱅 전야처럼 팽창한다

물구나무의 시간이 흐를수록
눈 밖 세상 노을빛으로 가득하고
거친 숨결은 횡격막까지 차올라
앞에 서 있는 가문비나무
금방이라도 쓰러질 것 같다

흐트러진 자세 바로잡고
목숨줄 직장으로 출근을 한다
가족을 위해 매일 지구를 들고
허기진 입과 찢어진 눈으로
동료들과 밥 먹고 술 먹고 헛웃음 짓는다

오늘도
흐물거리는 그림자를 따라
유령처럼 집에 돌아와
긴 한숨 내뱉고 변기 물을 내린다

>
산다는 것은
매일 지구를 드는 일이다

나를 무덤에 묻었어

가로 7센티 세로 15센티 사각 공간이 내 무덤이다

사시사철 새순 돋고 꽃 피고 낙엽 지는, 계속 걸어도 끝이 보이지 않는 무덤

세상에 태어나자마자 바로 곁에 무덤이 있었지

아빠 무덤, 엄마 무덤, 형아 무덤, 누나 무덤

우리 집에는 디지털 공동묘지가 있다

누구나 하나쯤 품고 다니는 무덤

세상 사람들 모두 온 우주를 다 덮는 휴대전화 신호음 따라 인드라망* 같은 큰 그물에 얽혀 살고 있지

요즘 아이들은 초등학교 입학하자마자 목줄에 걸고 다닌다

한밤중 잠에서 깨어 무덤 속을 한참 헤매기도 하지

휴대전화는 내 영혼을 통째 묻은 무덤이다

밤이 되어 잠자리에 들자마자 찰칵 조명을 밝혀 무덤 속을 배회하기도 하지

카톡방 기웃기웃, 뉴스방 더듬더듬 국내로 세계로 이동하곤 한다

오늘 밤도 다음카페에 들러 잠들지 못한 친구들과 희희낙락 웃고 떠들다 자정을 훌쩍 넘겼지

날짜선이 바뀌자 사람들 모두 무덤에 플러그 꽂은 채 잠들어 있어

나는 어머니 자궁 같은 이 무덤에서 도무지 헤어 나올 수

가 없네

흔들리며 가는 삶

오랜만에 서울 지하철을 탔다
차창 밖 유령처럼 스쳐 가는 배경을 가진 사람들
한결같이 이어폰을 귀에 꽂고 휴대전화를 응시하고 있다
눈망울을 위아래로 굴리며 손가락은 쉴 새가 없다
아주 필사적이다
우주에서 들려오는 신호음이라도 잡기 위한 몸부림일까
새로운 행성을 찾아가고 있는 유랑객들 눈망울이 붉게 충
혈되어 있다
용산역-서울역-시청역-종로3가역-동대문역-신설동
역-청량리역-용산역
자신의 주파수를 잡은 승객들 차례로 내리고
감정이 소거된 로봇처럼 무표정한 얼굴들 오르고 있다
지하철은 재잘거리며 다람쥐 쳇바퀴 돌듯 지상과 지하를
오르내리고 있다
전차가 흔들거리는 대로 이리저리 몸을 내맡긴 승객들
줄광대처럼 손잡이도 없이 잘도 서 있다
덩달아 나도 흔들릴 때마다 두 다리 바닥에 박은 채 안간
힘 쓰고 있다

어느 부음

아침 밥상머리에 급브레이크 소리와 함께 들려오는 어느 젊은 생의 부음訃音, 식도에 걸린 음식물 남은 국물로 삼키며 생生과 사死의 문턱은 얼마나 높을까 생각해 본다

삶의 방향을 잃고 부러진 헬리콥터 날개처럼 온 방구석을 헛돌다 왔던 곳으로 되돌아갔다

세상 제대로 살지 못한 한 생명의 마지막 목숨줄조차 어찌할 수 없었던 어미와 숨이 끊어지는 소리 못 들은 체했던 아비가 주검을 앞에 두고 한 상에 마주 앉아 수저를 들었다 산 사람이라도 살아야 한다며 또 수저를 들었다

조문 온 사람보다 음식 차리는 도우미 아주머니 머릿수가 더 많은 지하 장례식장에 제 명대로 못 살다 간 인생 앞에 모여든 물 위에 뜬 꽃잎 같은 혈육 몇 명만 넋 나간 빈소를 지키고 있다

장례식장 긴 복도 끝에서 이따금 들려오는 발걸음 소리에 흘끗흘끗 눈길을 주며 눈물도 마른 상머리에서 맹물만 홀짝홀짝 마시고 있다

행여나 하고 보내는 휴대전화 발신음은 뚜뚜뚜 끊기고 사

십 년 세월을 함께 걸어왔던 웃음소리와 한숨 소리, 수많은 발자취를 방전된 휴대전화에 남긴 채 홀로 돌아갔다

조문 갔다 온 날 밤 잠자리에 들면서 나는 알았다 생과 사의 문턱은 지금 눈을 감고 뜨는 이 베개 높이에 있다는 것을, 아마존 깊은 땅속을 흐르는 강물처럼 형체가 없다는 것을

눈물에도 뼈가 있음을

눈물샘에서 흘러나와
잠시 회한悔恨의 언덕을 바자니다
눈꺼풀 한 번 깜박거릴 때마다
왈칵 봇물져 넘쳐흐르는 눈물

눈물 머금는다는 말은
마음속 깊은 곳에
슬픔과 고통을 가둔 채
간신히 버티고 있다는 뜻 아닐까

살다 보면 한 번쯤
속 시원하게 울고 싶을 때가 있다

하지만 이제는
슬픔과 고통의 눈물마저
뼈만 남은 화석으로 변했는지
눈물 한 방울 나오지 않은 걸 보면

눈물에도 뼈가 있음을 알겠다
오랜 세월 그 뼈가 둑을 이루어
아무 때나 눈물을 흘리지 않도록
꾹꾹 가두고 있음을

네모난 바다

눈만 뜨면 처얼썩 처얼썩
방안까지 밀려오는 수평선을 바라보고 있다

창문 너머 푸른 파도 밀려왔다 밀려가고
자신의 몸집보다 더 큰 집게발을 가진
농게들이 창틀까지 올라와
쨍그랑 쨍그랑 가위질한다
지금이 갯벌에서 놀기에는 가장 좋은 때라고
어제도 오늘도 손짓한다

나는 검은 눈동자 위에 조각배 한 척 띄울 뿐
그날 이후 문밖을 나가지 못한다
다시 못 돌아올 것 같아 생각만 갯벌처럼 질척인다
나에게 되돌아올 다리가 없다

교통사고로 양다리를 잃은 후 내 삶의 공간은
바다로 향한 창문이 걸린 방안뿐
내 마음의 바다는 네모난 창문에 걸려있다

네모난 바다는 내 유일한 친구
비가 오나 눈이 오나
늘 나에게 속삭인다

나도 너처럼 지붕 있는 방에 몸을 누이고 싶다고

햇볕 좋은 오늘도 빨랫줄에 걸린 수평선이
이리 뒤척 저리 뒤척 몸을 말리고 있다

4부
내 존재의 이유

레코드판을 읽다

문간방 한 귀퉁이로 밀려난
아버지한테 물려받은 전축을 켠다

아버지의 애창곡 '황성옛터' 노래가 담긴 레코드판
'지직 찌직', '지직 찌직'만을 반복하고 있다
나이 든 LP 레코드판의 소릿골이 끊겼나보다
때로는 '뿌우욱' 악보 찢어지는 소리가 나기도 하지

자욱하게 일던 황토 먼지 가라앉고
한참 만에야 들려오는 노랫소리
'황성옛터에 밤이 되니 월색만 고요해, 해, 해, 해, 해'만
반복하다 겨우 넘은 고갯길에서 '폐허에 서린 회포를 말하
여 주노라, 라, 라, 라, 라' 소리만 들려온다
도돌이표의 무한한 생성이다
낡음은 새로운 언어를 창조하는 원천이 되기도 하는 것
일까

레코드판에는 소용돌이 소릿골이 있다
주변부로부터 시작해서 중심으로 향하는 절대 음향
크레바스처럼 갈라진 틈에 촘촘히 박혀있다
다이아몬드 날 선 바늘로 슬몃 어루만져 줘야 풀려나오는
소리의 근원은 지축地軸을 흔드는 울림이었으니

>

가끔 소릿골에 갇힌 아버지를 찾아다니다 깊은 크레바스에 빠지곤 한다

켜켜이 쌓인 바람 소리, 천둥소리, 늑대 울음소리, 황야를 달리는 말발굽 소리…

한참 동안 읽어본다

모나고 촘촘했던 아버지 목소리, 이제는 해지고 느슨해졌다

꽈리 열매

장독대 옆 쪼그려 앉아
가을 햇살 머금은 분홍빛 꽈리 열매
잘 익은 열매는 빨리 따줘야 한다네요
그렇지 않으면, 시한폭탄처럼
저절로 탁, 터진다고 하네요

꽈리꽈리, 어디선가 들려오는 꽈리 부는 소리
어릴 적 그녀는 잘 익은 꽈리 속을
폭탄의 뇌관처럼 조심스레 들어낸 후
입 안에 넣고 꽈리꽈리 불며
친구들과 뛰어놀았다네요

건강검진 받는 날
밤마다 들려오는 소리를 찾아
머릿속을 CT 촬영했는데
그녀 머릿속에 꽈리 하나가 자라고 있다네요
언제 터질지 모르는 시한폭탄이라네요

어릴 적 불던 꽈리의 퇴색된 잔영이
머릿속에 온전히 채록採錄된 것일까요
아니면 힘든 세월의 강 건너기 위해
희망 하나 키우고 있는 것일까요

>
神이 선물한 시한폭탄 머리에 이고
오늘도 그녀는 꽈리의 기원을 찾아
꽈리꽈리 종종걸음치고 있어요

파란波瀾 같던 생의 음절音節이
툭툭, 부러지는 소리가 들려요

이제부터는
새로운 삶의 문장文章을 써나가야해요
꽈리꽈리, 꽈리꽈리, 꽈리꽈리

스키드 마크

고속도로 1차선을 부리나케 횡단한 스키드 마크
자동차 바퀴가 남긴 지문이다
지문의 주인은 어디로 사라졌을까

영안실에 누워있거나 중환자실에 입원 중인 스키드 마크
제 속도 못 이겨 찢겨나간 검게 그을린 단말마의 총성만
움푹 파인 가드레일에 걸려 오도 가도 못하고 있다

무엇이 사람들의 마음을 조급하게 만들었을까
여든 넘으신 아버지도 신체 곳곳에 스키드 마크 찍혀있다
월남전 때 수류탄 파편이 핥고 간 허벅지 흉터
가족을 위해 공장 벨트를 타고 넘던 팔에 걸린 훈장 등

아마도 마음속엔 더 큰 스키드 마크 찍혀있을 것이다
수없이 많은 성 쌓다 부수길 반복하는 젊음의 열정 삭이기 위해
질주해 오는 온갖 유혹 앞에 흔들리는 마음 다잡느라
까맣게 탔을 아버지의 마음속 스키드 마크

아버지한테는
늘, 검게 그을린 고무 탄 냄새가 났다

기억의 전당포

기억을 저당 잡혀야
입원이 가능한 병원이 있다

현대판 고려장이라고 불리는
어르신들의 천국 노인전문 요양병원

늙수그레한 배불뚝이 원장실 금고에는
얼굴이 서로 다른 기억의 칩들이
일련번호 붙여진 채 차곡차곡 쌓여 있다

제 몸뚱이가 죽어야 반환되는 기억들
빈자리에 또 다른 기억들이 날마다 입고된다

병원장 사모님 돋보기안경 너머로
장삼이사張三李四 기억의 칩들을 세고 있다
하나 둘 셋, 하나 둘 셋……

하루하루 삶의 기억이
자동 이체되고 있는 우리 엄니
그래도,
큰아들 얼굴과 이름은 기억하고 계신다

>

마지막 생을 꽉 붙잡은 손등 위로
검붉은 핏줄 올챙이처럼 꿈틀거리고 있다
핏줄도 승천하려는 것일까

아흔을 갓 넘긴 우리 엄니
저당 잡힌 기억들, 제 자리로 되돌아가려는지
요즘 꿈자리가 자꾸 뒤숭숭하다

머릿속 지우개

쓱싹쓱싹 지운다
엄지손톱만한 지우개로
백지가 될 때까지 지운다

앞뒤로 달라붙던 뱃가죽의 기억도
사모관대 족두리 쓴 신랑신부 얼굴도
결혼해 잘 살고 있는 여섯 자식 얼굴도
다람쥐 쳇바퀴처럼 휙휙 넘어가는 달력도
모두 지운다

손 등 위 검붉은 핏줄 다 드러난
바짝 마른 단풍잎 같은 두 손바닥 활짝 편 채
요양병원에 누워계신 우리 엄니 머릿속
새롭게 피어나는 백합 꽃잎처럼 온통 하얗다

큰아들이 집안의 기둥이라며
양손으로 꽁꽁 쥐고 사셨던 아흔셋 세월
이젠 다 풀어놓으셨다

엄니 머릿속에
지우개라도 들어있는 것일까

모천회귀를 꿈꾸다

가을을 맞은 울산 태화강 상류
검붉은 등줄기 곤두세운 연어 떼가
앞서거니 뒤서거니 다퉈 오르고 있다
태평양을 건너 알래스카를 거쳐
엄마의 비릿한 살냄새 더듬으며
길고 긴 귀향길 거슬러 오르고 있다
생의 마침표를 찍어야 하는 것을 아는 양
지느러미 너덜거리도록 강자갈 훑으며
꼬리 거칠게 흔들며 박차오르고 있다
연어는 발갛게 충혈된 알 낳자마자
이역만리 대장정의 삶을 마감한다는데
암수 한몸 되어 뽀얀 분비물 뿜어내며
천 일 밤낮 품어왔던 분신을 쏟아내고 있다
생의 마지막이 이렇게 황홀할 수 있다니
넓은 바다를 향해 혈혈단신으로 떠났던
할아버지의 고향 울산 태화강 언저리
할아버지도 아버지도 못 이룬
모천회귀의 꿈이 아직 내게 남아있어
밤새 얼마나 꼬리지느러미를 쳤는지
아침 이부자리가 늘 어지러웠다

아버지의 일기장

돌아가신 지 마흔아홉 번째 봄날
벽장 속 빛바랜 보자기를 꺼낸다
아버지의 일기장이다

젊은 날의 참회가 기록된
닳고 닳은 일기장
먼지 수북하고 안색이 노랗다

마흔아홉 나이에 훌쩍 떠난
손대면 푸석푸석거리는 아버지 유품
아버지가 계신 저 세상으로 보내기 위해
부뚜막에 태운다

"황성 옛터에 밤이 되니 월색만 고요해 폐허에 서린 회
포를 말하여 주노라. 아~ 가엾다 이 내 몸은 그 무엇 찾으
려고……"

술이 거나하게 취하면
동구 밖에서부터 들려왔던 아버지 노랫소리
사위어가는 불꽃 따라 점점 멀어져 가고 있다

아, 아득하다
그대와 나 사이

달력

농협에서 나눠준 12장짜리 달력
네 귀퉁이 가지런한 칸마다
현세現世에 오고 간 흔적들
촘촘히 새겨져 있다

아버지 기일, 어머니 기일, 친구 기일, 결혼기념일, 부인
생일……
울다 웃다 지나간 흘림체 시간들

해와 달이 번갈아 뜨고 지고
연둣빛 잎 돋아나 파란 손 흔들더니
어느새, 온 세상 흰 눈으로 덮이는 곳

헐거워지고 빛바랜 시간 부욱 찢어낸다
찢겨나간 자국, 벌어진 지퍼 같다

열린 틈으로 빼꼼히 다가오는
새로운 시간 맞을 때마다
말갛게 씻긴 희망이 놓여있다

아직 열어보지 않은 순백의 시간들
초, 분, 시간, 하루, 한 달의 공간

또 어느 칸에 어떤 세상 이야기 들어찰 거나

달력에는 방아 찧는 토끼만 사는 게 아니다
인간의 희로애락도 함께 살고 있다

장롱을 열면

한 가계家系의 역사를 펼쳐본다

스무 살 어머니 시집올 때
용댕이 바다를 건너왔다는 장롱
다리 하나 부러져 사개 뒤틀리고
옷매무새 잡아주던 거울도 금이 갔다

하루에도 수없이 열고 잠갔을 문고리
이제는 짝을 잃어 홀로 외롭다

학교 갔다 오면 가장 먼저 달려갔던 곳
숨겨놓았던 알사탕 간데없고
흰 나프탈렌 냄새만 빈자리 채우고 있다

뒷산 생솔가지 등에 진 어머니 체취
군데군데 검버섯으로 피어나
힘든 내 손 잡아주던 장롱의 역사

구겨지고 흙탕물 범벅된 옷도
장롱으로만 들어가면
까슬까슬 풀 먹여 차곡차곡 쌓여 있었지

\>
서랍에는 부모님 소학교 졸업장과
6남매 개근상이 얌전히 자리하고 있는
우리 집 역사가 켜켜이 쌓여 있는 곳

까치발 들어도 닿지 않는 어딘가에
어머니 손때 묻은 지폐 몇 장
햇빛 볼 날만 기다리고 있겠지

나무 도마

3대를 걸쳐 내려왔다는 나무 도마
늙은 어머니 뱃가죽처럼 주름지고 홀쭉하다

날 선 칼에 제 살 아낌없이 내주며
파란波瀾 같은 날들 잘 버텨내고 있다

요양병원에 누워계시는
어머니 손바닥을 닮은 투박한 나무 도마
가만히 어루만져 본다

파도가 무수히 물어뜯은 바닷가 주상절리 같다
저 협곡 속에는 무엇이 자라고 있을까?

뼈만 앙상하게 남은 생선들이 헤엄을 치고
댕강댕강 잘려 나간 무, 파, 오이들이 환생을 꿈꾸는 곳
어머니 살점을 먹고 자란 내가 보인다

아직도 싱크대 한 칸을 차지하고 있는 도마에서
새벽마다 들려오는 다다다다 말발굽 소리

나의 하루는 어머니의 도마소리로 시작된다

어머니 가시고 난 후

어스름한 새벽, 잠 덜 깬 고막을 뚫고
우레처럼 들려오는 어머니의 부음 소식

구순 고개, 삶과 죽음의 경계 갓 넘어
왔던 곳으로 되돌아가셨다

돌아가셨다는 말 참 생뚱맞다며
황급히 추스른 마음 따라나선 길
운전대가 갈지자로 흔들렸다

머리 풀어 헤친 가로수길 지나 도착한
장례식장 앞뜰 가문비나무
간밤에 내린 서릿발만 무성했다

장례식장 복도까지 들어찬 조화 물결 속으로
어미를 잃은 자식들 울음소리 묻히고
조문객들 벗어놓은 신발들
서로 인사하느라 왁자지껄했지

발인 전날 밤
추모객들 모두 돌아간 자리
당신이 낳으신 자식들 빼곡히 자리 잡았지

>
천수를 다하신 당신 덕분에
모두의 마음에 울긋불긋 꽃이 피었다
여기저기 피기 시작한 이야기꽃이
자정을 훌쩍 넘겼었지

차가운 키스와 함께 작별한 당신
지금쯤 어느 하늘 아래서
못다 한 생을 누리고 계실까
먼저 돌아가신 아버지를 만나
마흔셋 청상과부의 한을 풀고 계실까

염화시중의 미소

아윤이는
아름다울 妸 자 윤택할 潤 자를 갖고 태어난
백일 갓 지난 첫 손녀 이름이다

부처님 반쯤 감은 눈에서
아윤이 아빠를 만나고
해바라기처럼 방긋 웃는 미소에서
예쁜 며느리 얼굴을 본다
제 발가락도 다 들어가는 입에서는
음식 솜씨 좋은 집사람이 떠오르고
활짝 웃을 때 지그시 감은 눈에서는
맥주 한 캔 마신 나를 만난다

아윤이는 우리 가족을 한데 묶어주는 거미줄
오늘도 멀리서 거미줄을 잡아당기고 있다
딸랑딸랑, 딸랑딸랑
우리 가족은 산 채로 거미줄에 걸려있다

날마다 휴대전화로 문안 인사 오는 아윤이
미처 알지 못했던 내 마음 손녀를 통해 만져본다

갓 깨어난 아기 부처처럼

방긋방긋 웃고 있는 나의 분신이여
염화시중拈華示衆의 미소여!

다비식

빗물 흐르는 창문 밖 풍경처럼
형체 희미한 '최순례 여사 환갑기념'이라고 쓰인
30년을 훌쩍 넘긴 빛바랜 수건
주인의 품을 떠나 아들 집에 머물고 있다

보풀보풀했던 실오라기 다 닳아 뼈대만 남은
거친 손이 얼굴을 쓰다듬어 줄 때마다
요양병원에 누워계신 어머니를 떠올렸었지

아침이면 눈곱 낀 얼굴 보송보송 어루만져 주고
저녁에는 지친 하루 말없이 닦아주던 수건
마침내 너덜거리고 힘줄조차 풀려
방구석이나 닦는 걸레로 사용했었지

한때는 산제사* 축하 기념품으로 태어나
청상과부의 설움 꾹꾹 눌러주고
제 주인의 짓이겨진 눈시울 닦아주던 수건

이제는 닳고 닳아 걸레로도 쓸 수 없어
짜디짠 땀 냄새만 밴 당신
삶고 말려 볕 좋은 날 다비식을 치른다

>
날개를 단 흰 연기 몇 가닥
파란 하늘로 훌훌 올라가고
이 땅에 형체도 없이 사라진 당신,
당신

* 살아계신 부모님 회갑상에 제사를 드리는 것과 같이 술과 음식을 올
린다고 해서 붙여진 말

조금례 여사

태어났을 때 손바닥만 하다고 해서 붙여진 그 이름
지리산 노고단 아래 구례가 고향인 그녀
무남독녀 외동딸로 태어나
술 좋아하고 백수가 직업인 남편과의 사이에 2남 4녀를
두셨지
내게는 얼굴도 안 보고도 데려간다는 셋째 딸을 주신 장
모님
피멍 든 손가락으로 밤낮 짜낸 명주베 머리에 이고
십 리 길 읍내 장까지 한달음에 달려 여섯 자식 용케 키워
내셨지
눈 녹은 천은사 뒷산 진달래꽃 활짝 피면
동네 아녀자들과 화전놀이로
힘겨운 보릿고개 넘실넘실 넘어가셨지
딸네 집에 오시면 궁핍한 살림살이 눈에 밟혀
차마 뒤돌아보지 못하고 귀가하시던 우리 장모님
당신이 오신 날은 어김없이 전화기 밑에
구깃구깃 만 원짜리 몇 장 남기셨지
지금은 극락정토에서 궁짝짝짝 궁짝짝짝
장구채로 화전놀이 즐기고 계실 우리 장모님
육십갑자 지났어도 집사람 귓전에
아직도 덜그럭덜그럭 베 짜는 소리 들려온다는데
이제라도 딸네 집에 오시면

그동안 주름진 마음 활짝 펴 드리고 싶은데
오호통재라, 지난 세월 끌어올 수가 없네
오호애재라, 이제는 이 세상 함께 할 수 없네

어이!

입 좁은 태평소처럼
안방 문 비집고 나오는 외마디소리
어이!
방문 밖 누이, 귀는 문고리에 걸어놓은 채
거실과 안방을 종종걸음치고 있다
일흔여덟 고갯길에 안방마님이 된 매형
어린 치매를 앓고 있다
머리는 삭발한 채 고행 중인 석가처럼
눈두덩이 움푹 들어가고 광대뼈 불거졌다
어이, 어이!
밖에 무슨 소린가?
아이고, 당신이 보고 싶다던 처남들 아니요
그래?
두 눈만 껌벅거리고 있는 큰 매형을 뵙고 온 날
귓가를 맴도는 선문답禪問答 소리
어이, 어이!
아니 또 뭔 일이요?
보름쯤 지나 첫눈 내리는 날 아침
매형이 돌아가셨다는 소식 들려왔다
어디로 돌아가셨을까
일흔여덟 해 꽉, 움켜쥐고 있던 주먹
죽은 해파리처럼 풀어놓으셨다

열반에 든 석가의 촉지인觸地印처럼
풀린 손가락이 땅을 가리키고 있다

벽지를 뜯다

지은 지 백 년이 넘은 고향집
여러 겹으로 덧바른 벽지를 뜯어낸다

한 겹 한 겹 뜯어낼 때마다
희뿌연 먼지 속에서 박제되었던 시간 되살아난다

할아버지 담뱃대 탕탕탕 두드리는 소리
손주 등에 업고 토닥거리는 할머니 손바닥 소리
홀연 사라진 자리

콜록콜록, 방 안 가득 아버지 담배 연기 번지고
이불 차는 아이들 곁 어머니 뒤척이는 소리에
누나가 붙여둔 껌딱지 검은 눈동자도 반짝인다

또 한 겹 뜯어내자
아랫목 가을 햇살 한 줌 부스스 깨어나고
주인 따라 순장된
바둑이 컹컹 짖는 소리 들려오는 빈집

오래된 벽지를 뜯다 보면
사라진 기억들이 꿈틀꿈틀 되살아난다

열반涅槃

수백 킬로 헤엄쳐 왔던 바닷길을 회상하며
거친 숨 몰아쉬고 있는 두 눈 퀭한 명태 한 마리

이름도 알 수 없는 수많은 링거줄과 산소호흡기가
오십 중반의 마지막 생을 꽉, 붙잡고 있다

희멀건 눈동자 위로 풀린 눈꺼풀만
지난 세월을 재조명하듯 껌벅거리고
툭툭 불거진 뼈마디마다 짙게 밴 생의 비린내가
알코올 냄새 따라 증발되고 있다

손을 내밀어 마른 댓가지 같은 손을 잡자
저승사자를 만난 듯 부르르 떨며
한 가정을 이끌던 굳센 목소리는 소거된 채
붕어처럼 입만 달싹이고 있다

건국대 병원 중환자실 하얀 시트 위에
바짝 마른 명태 한 마리
열반에 든 와불臥佛님처럼 조용히 누워있다

인간 복사기

유월, 푸른 하늘 빠끔히 열고
갓 태어난 생명이 있다

핏빛 두 주먹 꽉 쥔 채
삼백 일 동안 참았던 울음 터트리는 아이

빛나는 내일이라는 뜻으로
자기 아버지가 지은
김미래金媚來 라는
이름을 갖고 태어났다

숯검정이 짙은 눈썹에 까만 머리
헌칠한 이마, 오뚝한 콧날
인간이 창조했다고 믿어지지 않는 아이

사실은 외가 쪽을 더 닮았지만
그래도 친가를 더 닮았다고
세 살 아이처럼 우기고 싶은 마음 간절하다

나는 나를 빼닮은 아들을 낳았고
그 아들이 할아버질 닮은 손녀를 낳았으니
나는 인간 복사기다

>
모습뿐만 아니라
성격까지 복사해 내는
신이 창조한 최첨단 인간 복사기다

가족사진

작은방 한쪽 벽에 걸린 액자 속
누렇게 빛바랜 가족사진

막내 여동생 백년해로 짝을 만난 기념으로 찍은
태어난 지 삼십 년이 넘은 가족사진
오래된 자기瓷器처럼 투둑투둑 실금이 가고 있다

액자 속을 드나드는 사람이라도 있는지
바람도 없는데 조금씩 흔들리고 있다

엄니는 요양병원에 누워계시고
몇은 이승을 하직한 불경죄를 저지르고
몇은 밤 보따리를 싼 지 오래
남겨진 이들도 얼굴은 희뿌옇게 퇴색되고
희미한 추억 속으로 걸어 들어가고 있다

한때는 꿈과 희망으로 부풀어 오르고
고향 마당 왁자지껄했던 가족사진
모두 날개를 달고 뿔뿔이 흩어졌다

파편처럼 흔적만 남은 영혼들 주위에
잔칫날 하나둘 늘어나는 아이들

초롱초롱한 눈망울이 빛을 발하고 있다

주름지고 금이 간 가족사진
얼굴 보송보송한 분청사기로
다시 태어나고 있다

검고 푸른 못

아무도 살지 않는 고향 집 철거를 위해 못을 뺀다
오랜 세월 탓인지 좀처럼 빠지지 않는다

안간힘 끝에 삐이익 휘파람 소리 내며 뽑히는 못
허리 구부린 채 온몸에 검푸른 녹 뒤집어쓰고 있다

비바람 칠 때마다 결속의 끈 놓지 않으려 얼마나 발버
둥 쳤을까
캄캄한 어둠 속에 얼굴을 박고 얼마나 울었을까
오랜 세월 힘들었을 야윈 몸매 어루만져 본다

못이 빠져나간 자리 회오리바람 분다

일제 강점기 울산 태화강 변 홀로 떠나
낯선 땅 전라도에 터를 잡고 3대를 일으킨
할아버지 마른기침 소리 하늘로 올라가고
세숫대 받쳐 들고 어린 아들 발 씻어주던
아버지 체취 사라진 낡은 집

백 년의 시간이 지워진 공간 오래된 이름처럼 헐겁다

삼대三代의 결속이 한순간 무너졌다
후손 대대로 뼈 묻을 고향이 사라지고 있다

서각 삼매경

탁탁탁, 탁탁탁
몇 시간째 들려오는 목탁 소리
숲속의 온갖 숨소리조차
빨아들이고 있다

서각 삼매경에 빠진 아내가
수백 년 된 널판 위에
'삶'이란 제목의 시를 새기고 있다

절대,
틈 내주지 않을 것 같던 촘촘한 나이테
어르고 달래는 손길에
결사 항전의 자세 풀어 어느새
칼날과 한 몸이 되어가고 있다

탁탁탁, 탁탁탁
끈질기게 이어지는 목탁 소리
나이테 한 겹 한 겹에 스며들자
평면으로 누워있던 글자들
수직으로 일어서고 있다

바야흐로 세상은

목탁 소리 삼매에 빠져 있다

시인 – 부처의 길

— 김충경 시인의 시세계

반경환 문학평론가

시인 – 부처의 길

— 김충경 시인의 『마우스 패드에는 쥐가 살고 있다』의
시세계

반경환 문학평론가

1

김충경 시인은 전남 강진에서 태어났고, 2015년 『인간과
문학』으로 등단했으며, 2019년 첫시집 『타임캡슐』을 출간
한 바가 있다. 20대 초반부터 시작한 오랜 공직 생활 끝에
정년퇴임을 하고, 2016년부터 현재까지 '목포문학관'에서
시쓰기 수업을 받으며, 현재 '목포시문학회' 동인으로 활동
하고 있다.

김충경 시인은 "'미쳐야 미칠 수 있다'는 말이 있듯이, 나
는 시에 미치고 싶다"고 말하고, "시는 내 존재의 근원이
다"(「시인의 말」)라고 말한다. 시詩는 언어의 사원이고, 시
인은 언어의 사제, 즉, 부처이다. 김충경 시인의 두 번째 시
집인 『마우스 패드에는 쥐가 살고 있다』는 최하 천민의 삶
을 '성자의 삶'으로 승화시키면서, '시인–부처의 길'을 온몸
으로 추구하고 있다고 할 수가 있다.

그는 살아생전
죄 많은 생이었을 것이다

제 안위를 위해
딱딱딱 따그르 딱딱
긴 부리로 나무에 구멍을 판 죄

뾰쪽한 부리로 연한 살 찍어댈 때마다
파란 눈물 안으로 삼키며 나무는
머리부터 발끝까지 몸서리쳤을 것이다

부리로 한 번 찍어댈 때마다
바람결 따라 푸른 숲 흔들리고
푸드덕 새들이 날개를 편다

탁발 나선 새들의 길을 따라
목탁 소리 울려 퍼진다
딱딱딱 따그르 딱딱

오늘도 목탁은 제 머리 부딪혀
자기의 잘못을 참회하고 있다
—「딱따구리 목탁」 전문

   진리와 허위가 동전의 양면이듯이, 악이 없으면 선도 없고, 죄가 없으면 공도 없다. 고통이 없으면 기쁨도 없고, 실패가 없으면 성공도 없다. 하지만, 그러나 대부분의 우리 인간들은 선과 공과 기쁨과 성공을 좋아하고, 악과 죄와 고통과 실패를 미워한다. 만일, 이상낙원이나 천국에서처럼 선과 공과 기쁨과 성공만이 있다면 그 세계는 모든 싸움들이 다 종식되고 무의미와 권태만이 존재하게 될 것이다. 어느 누구도 죄를 짓지 않으면 도덕과 윤리와 법률도 필요가 없고, 어느 누구나 모든 일들을 솔선수범하고 정의로운 생활을 하고 있다면 '네것'과 '내것'을 가지고 다툴 필요도 없다.

모든 것이 가능한 이 세계가 가장 좋은 세계가 아니라, 그 어느 것도 가능하지 않은 이 세계가 가장 좋은 세계이다. 이 세상의 삶이란 권력의 결핍, 애정의 결핍, 재화의 결핍 속에서 자기 자신의 존재의 근거를 확보하기 위한 싸움이라고 할 수가 있으며, 따라서 무리를 짓는 동물들의 특성상, 도덕과 법률을 만들고, 다양한 제도와 풍습으로서 그 생존경쟁의 룰, 즉, '투쟁 속의 조화'를 이룩해내지 않으면 안 된다. 악과 죄와 고통과 실패는 우리 인간들의 삶의 원동력이 되고, 선과 공과 기쁨과 성공은 우리 인간들의 삶의 목표이자 존재의 이유가 된다. 악과 죄와 고통과 실패는 삶의 전부면을 장악하는 일상생활이 되고, 선과 공과 기쁨과 성공은 장마철의 무지개처럼 잠시잠깐 나타났다가 이윽고 사라져가는 삶의 황홀(환영)이 된다.

산다는 것은 죄를 짓는다는 것이고, 죄를 짓지 않으면 이 세상의 삶을 살아갈 수가 없다. 생명이 생명을 먹는다는 것, 이것이 모든 생명체들의 원죄가 되고, 이 속죄제로서 우리들은 생명체들을 찬양하고, 그 감사함과 고마움을 표시하지 않으면 안 된다. 김충경 시인의 「딱따구리 목탁」은 '속죄제의 진수'이자 그 아름다움이 '부처님의 초상'으로 승화된

시라고 할 수가 있다.

"그는 살아생전/ 죄 많은 생이었"는데, 왜냐하면 "제 안위를 위해/ 딱딱딱 따그르 딱딱/ 긴 부리로 나무에 구멍을 판 죄"를 지었기 때문이다. "뾰쪽한 부리로 연한 살 찍어댈 때마다/ 파란 눈물 안으로 삼키며 나무는/ 머리부터 발끝까지 몸서리쳤을 것"이고, "부리로 한 번 찍어댈 때마다/ 바람결 따라 푸른 숲 흔들리고/ 푸드덕 새들이 날개를 편다." "탁발 나선 새들의 길을 따라/ 목탁 소리 울려 퍼"지고, "오늘도 목탁은 제 머리 부딪혀/ 자기의 잘못을 참회"하고 있는 것이다. 초식동물이 줄어들면 육식동물이 줄어들고, 육식동물이 줄어들면 초식동물이 늘어난다. 풀과 나무가 사라지면 벌과 나비들이 사라지고, 풀과 나무가 우거지면 모든 생명체들이 떼를 지어 나타난다. 자연의 먹이사슬은 종과 종들의 '투쟁 속의 조화'에 기초해 있는 것이고, 따라서 '만물의 영장'이라는 말처럼 전혀 터무니 없고 허무맹랑한 헛소리도 없는 것이다.

죄를 짓고 죄악을 참회하는 것, 이 속죄제는 모든 종교와 신화의 근본토대가 된다. 모든 생명체들은 모두가 다같이 종족의 번영과 행복을 위해 살아가고 있는 것이고, 따라서 생명이 생명을 먹는다는 것만큼 더 큰 죄도 없는 것이다. 모든 종교와 신화의 주제는 '속죄제'이며, 하루에 세 번씩 반성하고 성찰하라는 것이 모든 성인군자들의 가르침이지만, 그러나 어느 누구도 진정으로 반성과 성찰을 하지는 않는다. 조금도 양심의 가책이 없이 타인들의 잘못과 인간 전체의 잘못에는 참회를 하는 척하지만, 진정으로 자기 자신의 사악한 탐욕과 잘못에는 참회를 하지 않는다. 우리 학자들과 우리 정치인들, 우리 사제들과 우리 법조인들은 오늘도, 지금 이 순간에도 자기 자신의 직종 이기주의와 탐욕을 위해서 전국민의 혈세와 국가의 재산을 그토록 축내고 있으면서도 그 어떠한 반성이나 성찰은 커녕, 자기 자신들의 더없이 추잡한 욕망과 기득권을 버린 적이 없었던 것이다. 날이면 날마다 반성과 성찰과 참회를 하고 있다고 하면서도 진정으로 참회할 대목에 와서는 모조리 침묵을 하고, 대한민국을 부정부패의 천국으로 만들어 버렸던 것이다.

김충경 시인의 「딱따구리 목탁 소리」는 '부처님의 목탁 소리'이며, 이 참회의 눈물로 모든 생명체들을 감동시키고 만물의 터전인 숲을 이상낙원으로 창출해내고 있다고 할 수가 있다. 오늘도, 지금 이 순간에도, 함부로 살생을 하지 않겠다고 목탁을 두드리고, 최소한도의 살생을 하되, 그 감사함과 고마움으로 너무나도 엄숙하고 경건하게 속죄제를 지내겠다고 목탁을 두드린다.

"딱딱딱 따그르 딱딱"—.

누가 부처냐? 진정으로 반성을 하고 참회를 하는 사람이다. 누가 부처냐? 모든 생명체들에게 경의를 표하며, 그 거룩하고 순결한 마음으로 시를 쓰는 사람이다.

시인은 딱따구리가 되고, 딱따구리는 부처가 된다.

2

모든 역사는 지리에서 비롯된다는 말이 있다. 넓고 비옥한 땅에서 자란 남쪽지방의 사람들은 대부분이 온순하고 평화를 사랑하지만, 차디찬 북쪽지방에서 자란 사람들은 매우 사납고 살생을 함부로 하며, 이웃국가를 정복하고 약탈을 일 삼는다. '자원의 저주'라는 말이 있듯이, 넓고 비옥한 남쪽지방에서 자란 사람들은 역사와 전통은 물론, 자기 땅을 지키지 못하고 살아가지만, 매우 사납고 거칠은 북쪽지방에서 자란 사람들은 이웃국가를 정복하고 모든 천연자원과 그 재산을 다 약탈하여 아주 풍요롭고 행복하게 살아간다. 전자는 초식동물과도 같고, 후자는 육식동물과도 같다. 남쪽지방의 사람들은 글자도 모르고 예수도 모르는 야만인이 되고, 북쪽지방의 사람들은 매우 근면하고 성실한 문화인이 된다.

선과 악도 없고, 정의와 불의도 없다. 모든 법률과 제도는 강자들이 만든 것이며, 이 강자들, 즉, 오늘날의 문화인들의 마음에 따라 선과 악, 정의와 불의가 결정된다. 착한 사람은 너무 일찍 굶어서 죽고, 악한 사람은 산해진미의 음식을 만끽하며 너무나도 행복하게 살아간다. 기독교의 가정에서 자란 사람들은 예수를 믿으며 살아가고, 불교의 가정에서 자란 사람들은 부처를 믿으며 살아간다. 유태인들은 여호와 하나님을 믿으며 살아가고, 아랍인들은 알라신을 믿으며 살아간다. 이 모든 종교들은 그들의 지리적 환경에서 발생하였고, 따라서 기독교인들이 이웃민족과 그들의 종교를 배격하고 그들에게 기독교를 강요하는 것은 크나큰 죄악이라고 장 자크 루소는 역설한 바가 있고, 그 결과, 장 자크 루소의 모든 책들이 다 불살라지고, 그는 영원한 이단자로서 '고독한 산보자의 꿈'을 꾸며 죽어갈 수밖에 없었다. 요컨대 최종심급은 기독교이고, 선악을 초월한 기독교인들, 즉, 강자들만이 모든 권력을 행사할 수가 있었던 것이다.

　　진도 서거차도와 맹골군도 사이엔 사납기로 소문난 물살들이 사는 물길이 하나 있지요. 어찌나 사나운지 사자, 호랑이, 악어, 늑대들이 흰 이빨로 섬 기슭을 물어뜯는 것 같다 하여 맹골수도라는 이름이 붙었지요. 그래서 이곳 파도 소리는 철썩거린다고 하지 않고 으르렁거린다고들 하지요. 근래엔 노란 풍선 가득 실은 배들이 이곳을 지나다 그만 사나운 짐승들에게 물려 죽기도 했다지요. 이곳 물살이 사나운 이유는 맹수들의 송곳니가 자라는 험한 골짜기가 있기 때문이라는데요. 그래서인지 미역에는 맹수들의 귀가 달려 있고, 물고기마다 날카로운 이빨 자국이 찍혀 있다지요. 무수한 세월을 집어삼킨 채 지금도 멋모르고 지나가는 배들을 사냥하기 위해 으르렁거린다는 맹골수도. 죽으면 이 골짜기에 뼈를 묻는다는 세상 모든 맹수의 수중 정글 맹골수도.
　　—「맹골수도孟骨水道」전문

　맹골수도란 무엇이고, 맹골수도란 그 어디에 있단 말인가? 맹골수도란 대한민국에서 가장 사납고 빠른 물길을 말하고, 맹골수도란 진도 서거차도와 맹골군도 사이에 있는 물길을 말한다. "어찌나 사나운지 사자, 호랑이, 악어, 늑대들이 흰 이빨로 섬 기슭을 물어뜯는 것"과도 같고, "그래서 이곳 파도 소리는 철썩거린다고 하지 않고 으르렁거린다고들" 한다. 미역에도 맹수들의 귀가 달려 있고, 물고기들마저도 그 날카로운 이빨 자국이 찍혀 있다고 한다. "무수한 세월을 집어삼킨 채 지금도 멋모르고 지나가는 배들을 사냥하기 위해 으르렁거린다는 맹골수도", 2014년 4월, 제주도로 수학여행 가는 수많은 학생들을 다 집어삼키고도 더욱더 사납게 으르렁거리는 맹골수도―. 오늘날 이 맹골수도를 지배하는 것은 약육강식의 법칙이며, 이 최종적인 승자는 산업혁명과 과학혁명, 그리고 디지털 혁명을 창출해낸 서양의 문화인들이라고 할 수가 있다.

마른하늘에 천둥 번개 친다
외계와 내계의 충돌을 기록한 우주의 문장紋章이다
46억 년간 지속된 문명의 충돌이었으니

지금 지구에도 충돌이 일어나고 있다
국가 간, 종교 간, 이념 간, 계층 간, 세대 간, 성별 간
직장에서 학교에서 끊임없이
타자他者와의 날 선 충돌이 일어나고 있다

욕망이 넘실거리는 지중해처럼
하느님의 나라 예루살렘에서도
아비규환의 현장 멈출 줄 모른다

너를 죽여야만 내가 사는
이기주의가 하늘 높은 줄 모르고
불신의 수심水深 얼마나 깊길래
바닥이 안 보이는 걸까

오늘도 우리는 바닥에 닿지 않는 발
허우적거리며 익사 직전에 있다

황금빛으로 물든 이 거리에서
다시 내일 아침을 맞이할 수 있을 거나
　　　—「문명의 충돌」전문

　　그 옛날 전원사회에서는 대부분의 재산이 토지였고, 따라서 소유권 다툼 이외에는 그 어떤 고소-고발의 소송전도 없었을 것이다. 황소 한 마리를 가지고도 다툴 필요가 없었고, 이웃사촌들 간에 담장의 경계선도 구분할 필요가 없었다. 오늘날에도 몽고나 부탄같은 국가에서는 무엇을 사거나 팔 때에도 매매계약서를 작성하지 않는다고 하는데, 왜냐하면 하늘이 알고 땅이 알고 있기 때문이라고 한다.

　　하지만, 그러나 자본주의 사회가 태동하고 새로운 기술이 출현할 때마다 수많은 지적 재산권과 특허권과 상표권이 등장하고, '고소-고발의 소송전'이 일상화되고 말았다. 변호사나 공인중개사의 입회 아래 매매계약서를 작성하지 않으면 자기 자신의 재산을 지킬 수가 없고, 그 어떤 독창적인 연구 성과의 결과물도 국가기간에 등록해두지 않으면 수많은 사람들로부터 도용을 당하고, 오히려, 거꾸로 그 모든 죄들을 다 뒤집어 쓰게 된다. 자본주의는 자연의 법칙을 거부하는 인위적인 사회이며, 이기주의를 최고의 가치로 삼는 사회라고 할 수가 있다. 요컨대 그 옛날의 「문명의 충돌」은 종교와 영토의 문제로 국한되었지만, 오늘날의 문명의 충돌은 "국가 간, 종교 간, 이념 간, 계층 간, 세대 간, 성별 간" 그 어느 곳을 구분할 필요도 없이, "직장에서 학교에서 끊임없이/ 타자他者와의 날 선 충돌이 일어나고" 있는 것이다. "하느님의 나라 예루살렘에서도" 그 아비규환의 참상이 일어나고, 동서냉전의 마지막 경계선인 우크라이나에서도 그 아비규환의 참상이 일어나며, 전인류의 치욕과도 같은 한반도에서도 그 아비규환의 피비린내가 물씬 풍겨나온다.

　도처에 맹골수도가 있고, 이 맹골수도의 물살에 따라 수많은 사람들이 영문도 모른 채 죽어간다. 자본주의는 맹골수도의 법칙에 따라 움직이는 사회이며, 이 지구촌의 종말을 재촉하는 사회라고 할 수가 있다. 봉건군주제에서 자본주의 사회로, 산업혁명에서 컴퓨터 혁명으로, 컴퓨터 혁명에서 인공지능의 혁명을 주재한 것은 우리 인간들의 탐욕이며, 이 '만인 대 만인의 싸움'은 오늘날 그 어느 누구도 중단시킬 수가 없게 되어 있다. 맹골수도의 법칙에 의해서 문명의 충돌이 일어나고, 문명의 충돌의 성과에 의해서 '빅테크 기업들'이 탄생하게 되었다. 이 '빅테크 기업들'이 국가와 국가 간의 경계와 장벽을 다 허물어버리고, 맹골수도에서 '만인 대 만인의 싸움', 즉, 김충경 시인의 「문명의 충돌」을 주재하게 되었다. "너를 죽여야만 내가 사는" 맹골수도의 최종적인 승자로 군림을 하게 된 자본가들은, 예컨대 대통령과 장관과 국회의원들과 모든 공직자들을 그들의 영업사업원으로 거느리게 되었고, 그 결과, 그 어떤 국가도, 종교단체도 이 자본가들을 통제하고 관리할 수가 없게 되었다. 미국의 백악관도 자본가들이 장악했고, 미국의 국방부도 록히드 마틴이 장악했고, 미국의 항공우주국도 일론 머스크가 장악했다.

　문명의 충돌은 맹골수도에서 일어나고, 이제 이 사생결단식의 싸움은 인공지능AI이 담당하게 되었다. 인공지능은 우리 인간들보다도 천 배나 만 배는 더 뛰어나고, 그 모든 일들을 빛보다 더 빠른 속도로 해치운다. 미국의 국방부의 비밀문서도 다 훔쳐내오고, 연방준비제도의 금융정책도 다 훔쳐내오고, 수많은 대작가들의 지적 재산도 다 훔쳐내온다. 모든 국가기관과 모든 연구소들의 연구 성과도 다 훔쳐내오고, 이 빅테크 기업의 자본가들은 오직 자기 자신의 이익을 위하여 선과 악을 구분하지 않고 그 모든 짓을 다하게 된다. 경제의 문제는 탐욕의 문제, 즉, "돈을 버느냐/ 아니냐"의 문제이지, 선악의 문제가 아니다. 「비닐 까마귀」도 문제가 안 되고, 「어느 노동자의 죽음」도 문제가 안 되고, "폐그물에 걸려 죽은 물개"도 문제가 안 된다. "검은 기름을 잔뜩 뒤집어 쓴 황새"도 문제가 안 되고, "폐비닐을 먹고 죽은 고래"도 문제가 안 되고, 이 지구촌이 쓰레기로 몸살을 앓아도 문제가 안 된다. 이상기후로 인한 가뭄과 홍수도 문제가 안 되고, 지구의 허파 아마존이 폐섬유화 증상으로 다 죽어가도 문제가 안 되고, 「나 어떡해」라고 모든 생명체들이 단말마의 비명을 질러대도 문제가 안 된다.

　김충경 시인의 「맹골수도」는 '만인 대 만인의 싸움'을 주재하는 자본의 법칙으로 되어 있으며, 이 싸움의 최종적인 승자는 인공지능을 동원한 자본가들이라고 할 수가 있다. 눈물도 없고, 피도 없고, 감정도 없다. 소위 세계적인 부자들은 맹골수도 위에서 문명의 충돌을 주재하며, 그 결과, 그 모든 이익들을 다 독식하게 되었다. '빈익빈/ 부익부 현상'이나 민주주의 사회의 그 모든 가치관들을 비웃으면서, 더욱더 노골적으로 은밀하게 빈곤을 생산해내고 또 생산해내면서 그들의 부의 축적에 따라 수많은 사람들이 희생되었다는 사실조차도 인식하지 못한다. 나는 만물의 영장이고 인공지능을 거느린 부자라고 생각하기 때문에 수치심이 없고, 수치심이 없기 때문에 그 모든 사람들을 강제노역장의 죄인으로 만들어 버린다. 정상과 비정상, 정의와 불의, 부자와 가난한 노동자를 만드는 것은 자본의 법칙이며, 따라서 이 사회 자체가 거대한 강제노역장으로 변모하게 된 것이다.

구입한 지 10년이 넘은
컴퓨터 마우스 패드 위에 쥐가 살고 있다

주인의 심중 따라 하루 종일 움직이다
밤이 되면 검은 눈망울 지그시 감고
잠시 숨을 고르는 생쥐 한 마리

밥도 안 주고 월급도 안 줘도
하루 종일 눈 깜박거리며
전깃줄 한 가닥에 묶여
주인 손아귀 벗어나지 못하고 있다

싫다는 말 한번 못하고
기껏해야 패드에 남긴 수많은 발톱 자국
다람쥐 쳇바퀴 돌 듯 한 뼘 공간에서 맴돌고 있다

지난한 삶을 이야기하고 있는 것처럼

나도 '가장家長'이란 주인의 명령에 따라
쉬지 않고 움직이는 생쥐로 일생을 살아왔다

패드에 몸을 뉘고 있는 생쥐를
온기 가득한 손바닥으로 어루만져 본다
주름지고 윤기를 잃어 까칠하다

그래,
너나 나나 별반 다르지 않는 인생이구나
　—「마우스 패드에는 쥐가 살고 있다」 전문

　생명이 생명을 먹는다는 것은 원죄가 되고, 이 원죄의
식을 통해 속죄를 하며, 모든 생명체들에게 고마움과 감사
함을 표하는 것이 '시인—부처의 길'이라면, 오늘날은 이
'시인—부처의 길'과는 너무나도 다르게, 소위 '자본가—악
마의 길'이 그 모든 권력을 다 장악하고 있다고 할 수가 있
다. 정상과 비정상, 정의와 불의, 부자와 가난한 자들을 결
정하는 것은 자본가들이며, 그 결과, 죄도 없이 죄를 짓고
한평생 감옥에서 강제노역의 삶을 살고 있는 것이다. 컴퓨
터와 스마트폰과 인공지능은 악마가 만든 걸작품이며, 어
느 누구도 이 자본가들의 전면적인 감시체제와 그 노역의
사슬을 벗어날 수가 없다. "컴퓨터 마우스 패드 위에 쥐가
살고" 있고, "밥도 안 주고 월급도 안 줘도/ 하루 종일 눈 깜
박거리며/ 전깃줄 한 가닥에 묶여/ 주인의 손아귀에서 벗

어나지 못"한다. "싫다는 말 한 번 못하고/ 기껏해야 패드에 남긴 수많은 발톱 자국/ 다람쥐 쳇바퀴 돌 듯 한 뼘 공간에서 맴"돈다. 너도 "가장家長이란 주인의 명령에 따라" "쉬지 않고 움직이는 생쥐"처럼 살아왔고, 나도 "가장家長이란 주인의 명령에 따라" "쉬지 않고 움직이는 생쥐"처럼 살아왔다. 작업현장에서 일을 해도, 밥을 먹고 소주 한 잔을 마셔도 자본가들이 이익을 다 챙겨가고, 영화구경을 가도, 야구구경을 가도 자본가들이 이익을 다 챙겨간다. 자동차를 타도, 비행기를 타도 자본가들이 이익을 다 챙겨가고, TV를 시청해도, 컴퓨터로 물건을 사고 팔 때에도 자본가들이 이익을 다 챙겨간다. 너무나도 완벽한 감시와 관리체제, 너무나도 완벽한 강제노역과 착취체제—, 이처럼 너무나도 완벽한 인간에 의한 인간 착취와 희생을 강요하는 것은 자본가들이고, 어느 누구도 이 '컴퓨터'라는 '맹골수도의 법칙'에서 빠져나갈 수가 없다. "패드에 몸을 뉘고 있는 생쥐를/ 온기 가득한 손바닥으로 어루만져" 보지만 그러나 그와 나는 조금도 다를 것이 없다.

자본의 법칙은 맹골수도의 법칙이고, 인간에 의한 인간 착취와 그 희생만을 강요하는 자본주의의 미래는 참으로 암울하고 참담하기만 하다. 엘리뇨와 라니냐에 의한 대참사, 수많은 지진과 화산폭발, 점점 더 뜨거워 지는 지구와 생태환경의 파괴 이외에도 인간보다도 천 배, 또는 만 배나 더 뛰어난 인공지능의 등장은 오직 단 하나의 법칙, 즉, 최고 이윤의 법칙에 따라 이제까지의 인간의 역사와 전통, 그 모든 가치들을 다 파괴시키고, 곧 가까운 시일 내에 지구촌을 대폭발시키고 말게 될 것이다.

자본의 법칙은 맹골수도의 법칙이고, 무서워하는 사람들과 무서워하는 사람들이 모여서, 서로가 서로를 잡아먹지 못해 너무나도 사납고 험상궂게 짖어댄다.

3

만일, 그렇다면 사회 전체가 강제노역장인 맹골수도에서 어떻게 빠져나와 '시인－부처의 길'을 걸어갈 것이란 말인가? 그것은 두말할 것도 없이 일 자체를 사랑하고, 모든 이기주의와 탐욕을 버리는 것이다. 속죄제는 생명존중의 사상이고, 일 자체의 사랑은 '자본가와 악마의 길'을 거절하고 '시인과 부처'가 걸어가야 할 길인 것이다.

바다에는 하루에 두 번씩
밀물과 썰물이 들고난다

물때는 태양과 지구와 달이
힘겨루기 끝에 만들어 낸 삼각관계

물때는 어민들의 숨결이다
바다에 몸을 기대고 사는 어민들은
바다 생물들의 심장과
같은 주파수를 갖고 태어난다
—「복길리 바닷가」 부분

간장독에 푸르고 둥근 하늘 내려온 날
부엌을 지키는 조왕신竈王神도 빙긋 웃는다지

씨간장은 피와 땀의 결정체였으니
어머니 가슴에도 응어리진 씨간장 한 줌
보석처럼 숨겨져 있겠다
— 「침묵의 꽃」 부분

매화, 연꽃, 국화, 작약, 목단, 무궁화 등
온갖 꽃이 오랜 고행 끝에 활짝 피었다

어느 불심 깊은 장인이
꽃밭 채 부처님 전에 공양을 올렸을까
— 「대웅전에 핀 꽃 — 논산 쌍계사 대웅전 꽃 문살」 부분

연어는 발갛게 충혈된 알 낳자마자
이역만리 대장정의 삶을 마감한다는데
암수 한몸 되어 뽀얀 분비물 뿜어내며
천 일 밤낮 품어왔던 분신을 쏟아내고 있다
생의 마지막이 이렇게 황홀할 수 있다니
— 「모천회귀를 꿈꾸다」 부분

　김충경 시인은 시를 그의 '존재의 근원'으로 삼고 있는 언어의 사제이며, 그의 언어는 그의 생명의 숨결과도 같다. 풀과 나무와 사슴들이, 고래와 연어와 물고기들이 돈을 바라고 숨을 쉬는 것이 아니듯이, 일 자체의 사랑은 자연의 터

전에서 숨을 쉬고 꽃을 피우는 것과도 같다. "물때는 어민들의 숨결"이고, "바다에 몸을 기대고 사는 어민들은/ 바다 생물들의 심장과/ 같은 주파수를 갖고 태어난다"는 「복길리 바닷가」가 그렇고, "씨간장은 피와 땀의 결정체였으니" "어머니 가슴에도 응어리진 씨간장 한 줌/ 보석처럼 숨겨져 있겠다"라는 「침묵의 꽃」이 그렇다. "매화, 연꽃, 국화, 작약, 목단, 무궁화 등/ 온갖 꽃이 오랜 고행 끝에 활짝 피었다// 어느 불심 깊은 장인이/ 꽃밭 채 부처님 전에 공양을 올렸을까"의 「대웅전에 핀 꽃」이 그렇고, "이역만리 대장정" 끝에 "암수 한몸 되어 뽀얀 분비물 뿜어내며" 그 생의 마지막을 황홀하게 장식하는 「모천회귀를 꿈꾸다」가 그렇다.

김충경 시인의 언어는 복길리 바닷가의 물때이고, 어머니의 씨간장인 침묵의 꽃이다. 또한 그의 언어는 대웅전에 핀 꽃이고, 모천회귀의 연어이다. 시인의 언어는 그의 숨결이고, 대자연이고, 그의 삶의 텃밭에는 자본주의 사회의 '최고의 이윤법칙'이 침투해 들어올 여지가 없다. 바다와 같은 주파수를 갖고 태어난 어민들이나 피와 땀의 결정체로 침묵의 꽃을 피운 어머니도 최하 천민의 삶을 '시인-부처의 길'로 승화시킨 사람들이고, 오랜 고행 끝에 '대웅전에 핀 꽃'을 공양한 장인이나 이역만리 대장정 끝에 이 세상의 삶을 황홀하게 장식하는 연어도 최하천민의 삶을 '시인-부처의 길'로 승화시킨 사람들이다.

김충경 시인의 두 번째 시집인 『마우스 패드에는 쥐가 살고 있다』는 최하 천민의 삶을 '시인-부처의 길'로 승화시킨 시집이며, 그것은 그가 그의 언어로 숨쉬고, 그가 그의 언

어로 티없이 맑고 깨끗하게 꽃을 피워낸 시적 열정의 소산
이라고 하지 않을 수가 없다. 언어는 시인의 생명이고 숨결
이고, 언어는 시인의 삶의 터전이고 그 꽃밭이다. 언어는
대자연의 생명체들과도 같고, 시는 대자연의 삶의 텃밭과
도 같다. 온갖 더러움과 오물을 다 받아들이고도 그 더러움
과 오물을 발효시키고 승화시키는 대자연의 꽃밭―.

　시는 언어의 꽃이고, 염화시중의 미소이고, 시의 역사는
영원히 그 발걸음을 멈추지 않게 될 것이다.

　　날마다 휴대전화로 문안 인사 오는 아윤이
　　미처 알지 못했던 내 마음 손녀를 통해 만져본다

　　갓 깨어난 아기 부처처럼
　　방긋방긋 웃고 있는 나의 분신이여
　　염화시중拈華示衆의 미소여!
　　　―「염화시중의 미소」부분

김충경

김충경 시인은 전남 강진에서 태어났고, 2015년 『인간과문학』으로 등단했으며, 2019년 첫시집 『타임캡슐』을 출간한 바가 있다. 20대 초반부터 오랜 공직 생활 끝에 정년퇴임을 하고, 2016년부터 현재까지 '목포문학관'에서 시 쓰기 수업을 받으며, 현재 '목포시문학회동인'으로 활동하고 있다.

김충경 시인은 "'미쳐야 미칠 수 있다'는 말이 있듯이, 나는 시에 미치고 싶다"고 말하고, "시는 내 존재의 근원이다"(『시인의 말』)라고 말한다. 시詩는 언어의 사원이고, 시인은 언어의 사제, 즉, 부처이다. 김충경 시인의 두 번째 시집인 『마우스 패드에는 쥐가 살고 있다』는 최하 천민의 삶을 '성자의 삶'으로 승화시키면서, '시인—부처의 길'을 온몸으로 추구하고 있다고 할 수가 있다.

이메일 kchg0188@hanmail.net

김충경 시집

마우스 패드에는 쥐가 살고 있다

발　행	2024년 6월 1일
지은이	김충경
펴낸이	반송림
편집디자인	반송림
펴낸곳	도서출판 지혜, 계간시전문지 애지
기획위원	반경환
주　소	34624 대전광역시 동구 태전로 57, 2층 도서출판 지혜
전　화	042-625-1140
팩　스	042-627-1140
전자우편	eji@ji-hye.com
	ejisarang@hanmail.net
애지카페	cafe.daum.net/ejiliterature

ISBN　　979-11-5728-539-6　03810
값　　　10,000원

* 이 책은 전라남도, (재)전라남도문화재단의 후원을 받아 발간되었습니다.